"Pour vous, Impalavlei ne représente qu'une affaire!"

"Vous arrivez ici," reprit Jenny d'un ton irrité, "et vous croyez pouvoir transformer une paisible retraite en pleine brousse en un endroit à la mode…"

"Calmez-vous!" ordonna Joshua.

"Non! Vous voulez transformer ce parc en un centre d'intérêt à l'américaine," jeta-t-elle sur le même ton.

"J'ai suggéré certaines améliorations," répliqua Joshua d'une voix méprisante. "Je n'ai pas parlé de bouleverser toute une culture."

"Et quelle est ma place dans tous ces projets?" La question l'obsédait depuis qu'il avait abordé la question de changements.

Il la considéra d'un air impénétrable. "Cela dépend de vous, Jenny."

Dans Collection Harlequin

Rosemary Carter

est l'auteur de

Dans Harlequin Romantique

Rosemary Carter

est l'auteur de

COMME SI C'ETAIT VRAI

Rosemary Carter

Collection Harlequin

PARIS • MONTREAL • NEW YORK • TORONTO

Publié en juillet 1983

ISBN 0-373-49340-1

Dépôt légal 3e trimestre 1983
Bibliothèque nationale du Québec et Bibliothèque nationale
du Canada.

Imprimé au Québec, Canada—Printed in Canada

1

— Il va falloir prendre une décision, concernant Impalavlei !

— Vous ne voulez pas dire que je dois le vendre !

La consternation se mêlait à la stupeur, dans les yeux violets trop grands pour le petit visage ovale, pâli sous l'effet d'un chagrin inattendu.

Jenny Malloy, à vingt-trois ans, ressemblait toujours davantage à son père si récemment perdu, songeait Daniel Bannister. Ils avaient le même regard, le même front haut, la même générosité dans la courbe de la lèvre supérieure. Et aussi, peut-être moins visible, une autre qualité : celle du rêveur. Cette qualité avait fait de M. Malloy un homme capable de passer toute sa vie dans l'isolement presque total d'une réserve privée, au cœur de la brousse. Sa fille était maintenant une jeune fille dont la réputation montait lentement dans le milieu très compétitif des décorateurs d'intérieur, à Pretoria.

— Ce serait peut-être la solution la plus sage dans les circonstances présentes, reprit l'homme de loi. Le domaine ne rapporte rien, Jenny. Les trois dernières années, M. Malloy a fait des sacrifices énormes pour le conserver.

— Je m'arrangerai.

Un sourire illumina soudain ses traits et Daniel Bannister, qui avait vu grandir Jenny, fut à nouveau frappé par sa beauté.

— J'ai ma carrière, vous savez.

— Avez-vous bien réussi ?

— Oui, pas mal. J'aimerais continuer, après mon mariage.

— La date est-elle fixée ?

— Pas encore, mais cela ne tardera pas. En fait, je vois Bruce ce soir.

Les yeux violets se firent pensifs : elle se rappelait le ton étrange de son fiancé, au téléphone.

— Parlez-moi d'Impalavlei, demanda-t-elle soudain à M. Bannister.

— Vous devrez prendre une décision assez vite.

Le notaire prit un crayon et se mit à dessiner sur une feuille blanche. Il voulait éviter de la regarder, songea la jeune fille ; mais pourquoi ?

— Quelles sont les solutions possibles ? questionna-t-elle.

— La première est purement théorique. Vous pourriez prendre la suite de votre père. Mais, naturellement, sur un plan pratique, cela ne pourrait se faire.

Il avait raison : Jenny n'imaginait pas Bruce vivant à Impalavlei. Et cette vie, elle s'en rendit compte quelques secondes plus tard seulement, mettrait fin à sa propre carrière.

— La seconde solution ? interrogea-t-elle.

— Vendre.

Un instant encore, le crayon se déplaça sur la feuille. Daniel releva la tête, et Jenny découvrit son expression dubitative.

— Là aussi, ce ne serait pas simple.

— Je ne comprends pas...

Une fois de plus, Daniel Bannister ne répondit pas

immédiatement. Au lieu de cela, il lui posa une question :

— Que savez-vous d'Impalavlei, Jenny ?

— C'est l'endroit où je me suis toujours sentie heureuse, où je peux m'évader en pensée quand ma vie professionnelle devient trop fébrile. Je connais chaque trou d'eau fréquenté par les animaux, les bassins où les hippopotames passent leurs journées, les arbres sans feuilles où perchent les vautours avant de fondre sur leurs proies.

M. Bannister connaissait tout cela, lui aussi. Il avait été fréquemment invité à Impalavlei.

La jeune fille reprit :

— Si je comprends bien, la question n'est pas si simple.

— Votre père vous a-t-il jamais parlé finances ?

Diriger la réserve n'avait jamais été très compliqué. Trop paisible, trop isolée pour attirer le flot des touristes, elle avait néanmoins ses habitués qui y venaient chaque année. La soudaine appréhension de Jenny était donc sans fondement.

— Rarement, avoua-t-elle. Ce n'était pas nécessaire. Daniel, vous essayez de me dire quelque chose. Cessez de tergiverser, je vous en prie.

— Etes-vous trop jeune pour vous souvenir de Martin Adams ?

— Je me le rappelle très bien. C'était l'associé de mon père. Ne lui a-t-il pas racheté ses actions, quand Martin est allé vivre en Amérique ?

— Oui, en effet. Jenny, vous savez sans doute que votre père a récemment tenté de reprendre contact avec Martin ?

Le frisson qui glaça la jeune fille était sans raison.

— Non, je l'ignorais...

— Au cours des dernières années, Impalavlei a

connu une situation financière difficile. Sans argent —
beaucoup d'argent —, votre père aurait fait faillite.

— Je n'en ai jamais rien su, murmura Jenny. Il n'a
jamais dit…

Daniel Bannister soupira.

— Peut-être ne voulait-il pas vous inquiéter. Il
vous aimait beaucoup. Vous êtes arrivée très tard dans
la vie de vos parents, et sans doute voulait-il vous
mettre à l'écart de tout souci, comme lorsque vous
étiez enfant.

Jenny redressa fièrement la tête.

— J'aurais pu le supporter. Mon père avait-il
sollicité un prêt de Martin Adams?

— Oui. Il a d'abord tenté de se procurer des fonds
ici, mais les banques sud-africaines se sont montrées
réticentes. Impalavlei n'est plus…

Il marqua une brève pause.

— … n'est plus une entreprise viable depuis un
certain temps déjà. Finalement, Tom a écrit à Martin.

Des années auparavant, bien avant la naissance de
Jenny, Tom Malloy, dans un incendie, avait sauvé la
vie de Martin Adams. Le père de la jeune fille n'était
pas homme à se vanter de son exploit, mais Jenny
avait appris l'histoire de la bouche de Martin. Les
deux hommes étaient des amis de longue date, d'où
leur décision de s'associer. Chez Martin, le sauvetage
avait engendré une gratitude qui dépassait de loin les
simples limites de l'amitié. C'était sans doute cette
loyauté qui l'avait poussé à donner ce prêt refusé par
les institutions établies.

— Et père a pu ainsi se procurer de l'argent?

— Oui. Mais ce n'est pas Martin qui le lui a prêté.

Les yeux bruns avaient une expression difficilement
définissable. Jenny y lisait de la sollicitude, mais aussi
une curieuse compassion. Elle fut de nouveau secouée
d'un frisson, plus fort, cette fois.

— Martin était mort quelques semaines avant l'arrivée de la lettre, reprit Daniel Bannister. Ce fut son fils qui y répondit.

— Joshua ?

— Ah, vous vous rappelez Joshua ?

— Oui, un peu.

Elle conservait le vague souvenir d'un mince garçon aux cheveux noirs, aux yeux étincelants qui marquait une vive impatience à l'égard des petites filles. Jenny n'avait plus jamais pensé à Joshua, du jour où il avait quitté la réserve avec son père, pour aller vivre en Amérique. En fait, elle avait oublié jusqu'à son existence. Dans son esprit, il demeurait toujours un garçon insupportable. Il était impossible de l'imaginer en homme. Pourtant, Joshua Adams devait être son aîné de neuf années au moins. Il avait donc trente-deux ans.

— Et Joshua a accepté d'aider père ?

— Oui. Sans poser plus de quelques questions.

— L'ancienne loyauté est donc toujours vivante, observa Jenny, après un instant.

— Elle l'était.

L'emploi du temps passé n'échappa pas à la jeune fille assise en face du notaire. Elle sentait croître son malaise.

— Mais les circonstances ont changé, Jenny. J'ai écrit à Joshua.

— Et il vous a répondu ?

— Il n'en a pas encore eu le temps, mais vous devez prendre une décision concernant Impalavlei. Votre père mort, il n'y a plus personne pour s'occuper de la réserve. Le plus sage serait de la mettre en vente… à condition, naturellement, que Joshua y consente. L'argent qui restera après remboursement du prêt sera à vous.

La logique appuyait la suggestion de Daniel. Jenny,

elle, savait déjà qu'elle ne pourrait diriger elle-même la réserve ; il lui faudrait un régisseur, un homme compétent qui devrait être généreusement rétribué. Et, pour cela, de toute évidence, les fonds manquaient.

Pourtant, la seule idée de se séparer d'Impalavlei la plongeait dans la tristesse. Une tristesse qui naissait à la pensée de trancher des racines chéries, qui avaient fait constamment partie de sa vie, même lorsqu'elle était loin. Elle devrait remettre entre les mains impersonnelles d'un étranger le domaine qui avait été la passion et la joie de son père.

Impalavlei, en effet, avait représenté pour M. Malloy autre chose qu'une réserve privée exploitée comme un moyen de gagner sa vie. Impalavlei avait matérialisé le rêve d'un homme qui avait été naguère conservateur d'un parc national. Il avait aimé les animaux sauvages et la brousse qu'ils fréquentaient et il avait employé un héritage inattendu à l'achat d'une petite réserve.

Qu'aurait ressenti Tom Malloy, s'il avait su que son Impalavlei bien-aimé allait passer entre les mains de quelqu'un d'autre, d'un homme dont le système de valeurs et le sens des priorités seraient sans doute très différents des siens ? L'idée lui aurait fait horreur, pensa Jenny. Mais une autre pensée lui vint. Son père aurait encore moins supporté de voir sa fille prendre en charge ce lourd fardeau par loyauté pour lui. Certes, il avait adoré Impalavlei, mais son amour avait été plus grand pour Jenny, surtout après la mort de sa mère. Il n'aurait pas souhaité lui imposer quoi que ce soit. Elle avait son propre métier et devait prochainement épouser un homme qui n'appréciait guère la vie de plein air.

— Selon vous, Joshua Adams consentirait à se

débarrasser de Impalavlei ? Pourquoi ? demanda-t-elle.

Daniel Bannister avait regardé en silence les émotions se succéder sur le visage trop expressif, d'une piquante douceur. Jenny avait besoin de s'endurcir, songea-t-il. Jusqu'au moment où elle y parviendrait, elle serait blessée par les obstacles et les frustrations du monde des affaires dans lequel elle évoluait.

— Je ne vois pas pourquoi il s'y opposerait, répondit-il. Il avait consenti ce prêt pour aider votre père à se tirer d'affaire. Joshua, si j'ai bien compris, a une très belle situation aux Etats-Unis mais, sans aucun doute, il sera heureux d'investir son capital dans une autre affaire.

Un investissement plus avantageux, remarqua Jenny à part elle. Mais son ressentiment à l'égard d'un homme qu'elle avait seulement connu enfant était déraisonnable, et elle le savait.

— Je suis heureuse que Joshua ne fasse pas opposition, déclara-t-elle.

— Alors, vous consentez à vendre ?

Les yeux violets s'assombrirent.

— Peut-être... Je n'en sais rien. C'est raisonnable, en effet. Je ne peux pas m'occuper moi-même d'Impalavlei. Et pourtant...

Elle s'interrompit.

— Et pourtant ? insista-t-il.

— L'idée de m'en séparer me brise le cœur, avoua-t-elle en toute simplicité. Vous êtes la seule personne qui puisse comprendre pourquoi. J'ai besoin d'un peu de temps, Daniel. La mort de mon père...

Il tendit la main par-dessus le bureau et prit celle de la jeune fille, avec une sympathie qui n'avait rien de professionnel.

— Je sais, Jenny... Vous êtes bouleversée par ce

deuil. Mais ne tardez pas trop longtemps, ma petite fille. La décision deviendrait plus difficile encore.

Le restaurant était niché au milieu des collines qui entouraient Pretoria. Durant la journée, on découvrait de ses fenêtres toute l'étendue de la cité. Le soir, l'endroit, un peu sombre, était paisible. Bruce avait suggéré cet endroit, de préférence à l'un des établissements brillamment éclairés qu'ils fréquentaient habituellement, par respect pour la mémoire de son père.

Ce dernier avait rencontré Bruce une seule fois, quand ils étaient venus en voiture passer un week-end à la réserve. Jenny n'avait pas eu l'occasion de lui parler en tête à tête, de lui demander si Bruce lui plaisait. Les deux jours avaient passé trop vite. Jenny, fière de son domaine où vivaient les animaux, avait exploré le parc en compagnie de son fiancé. Plus tard seulement, sur la route du retour vers Pretoria, la pensée lui était venue qu'elle n'avait pas sollicité l'opinion de son père. Et il ne la lui avait pas donnée spontanément. Elle aborderait le sujet lors de leur prochaine visite.

Mais il n'y avait pas eu de prochaine visite. Tom Malloy était malade depuis quelques années déjà. Un buffle l'avait un jour chargé et l'avait encorné, et la blessure n'avait jamais complètement guéri. Quand l'infection se propagea, tout alla très vite. Jenny arriva à l'hôpital de Nespruit, la petite ville la plus proche d'Impalavlei, juste à temps pour dire adieu à son père.

Il aurait aimé Bruce, se disait maintenant la jeune fille, en regardant son fiancé. Il aurait apprécié son tempérament chaleureux, son sens de l'humour, sa gentillesse, la sensibilité qui faisait partie intégrante de son métier de photographe pour certains des plus luxueux magazines de décoration. M. Malloy avait été un homme d'extérieur. La carrière de Bruce l'entraî-

12

nait souvent à la recherche de paysages intéressants, mais, le reste du temps, ses activités se déroulaient surtout entre quatre murs. Néanmoins, les deux hommes possédaient des traits communs qui auraient assuré leur compatibilité.

Ce soir, son fiancé semblait préoccupé. Jenny se remémora son ton étrange au téléphone et se demanda quelle en était la raison. Les lèvres de Bruce avaient une crispation qui leur était inhabituelle ; à plusieurs reprises, tandis qu'elle le regardait… il avait détourné les yeux. Jenny s'était attendu à ce qu'ils discutent de la date de leur mariage. Bruce connaissait son impression croissante de solitude, son besoin d'être liée plus étroitement avec lui. En ce qui concernait Jenny, point n'était besoin d'attendre plus longtemps : son père n'aurait pas souhaité voir une période de deuil retarder son bonheur.

Quand Bruce était venu la chercher à son appartement, Jenny avait songé à leur avenir ensemble. Ils allaient en parler, elle en était persuadée. A présent, cependant, elle sentait entre eux une tension indéfinissable et s'interrogeait sur ce qui pouvait bien le tourmenter.

— Quelque chose te préoccupe, mon chéri, fit-elle doucement, mais avec la franchise qui la caractérisait.

Il releva brusquement la tête, et son regard surpris croisa celui de la jeune fille. Oui, il y avait bel et bien quelque chose, quelque chose de grave. Instinctivement, le malaise de Jenny s'accrut.

Un long moment, les yeux brun-vert plongèrent dans les siens, avant de se détourner de nouveau. Jenny eut l'impression que le visage de Bruce se fermait encore davantage, mais peut-être, après tout, était-ce un effet de son imagination.

— Bruce… ? dit-elle.

Elle le vit enfoncer sa fourchette dans un morceau

de viande avec une violence inaccoutumée. Puis il fixa à nouveau Jenny, mais avec une expression de défi cette fois.

— Je vais partir pour quelque temps.

— Partir ?

Sans raison, elle avait la gorge sèche.

— Où donc ?

— Au Cap. A Hermanus, plus précisément.

Elle inspira profondément pour se calmer.

— As-tu un reportage à faire ?

Il marqua une pause presque imperceptible : seule, Jenny, qui le connaissait si bien, pouvait s'en apercevoir.

— En un sens, oui.

— Bravo ! articula-t-elle, avec une gaieté forcée. Tu... tu vas t'y plaire.

— Tu ne comprends pas.

Cette fois, Bruce paraissait gêné.

— Je partirai seul.

Il songeait à sa carrière à elle. Elle venait d'entreprendre la décoration d'un appartement en terrasse, dans l'un des immeubles neufs, tout en verre et chrome, qui dominaient Pretoria.

C'était cela, certainement.

— Si c'est l'appartement en terrasse qui t'inquiète... commença-t-elle.

— Non, pas du tout, la coupa-t-il d'un ton rude.

— Bruce... mon chéri...

Jenny contemplait Bruce d'un air angoissé comme si elle avait tout à coup en face d'elle un étranger.

— Je t'accompagnerai.

— Je pars à la fin de la semaine.

Ils n'auraient pas le temps de se marier d'ici là. Soudain, Jenny crut comprendre. Après une tentative, au début de leurs relations, Bruce ne l'avait jamais pressée de se donner à lui. Il avait accepté ses principes et s'était résigné à attendre. A présent, son attitude stricte risquaient de compromettre leur bonheur.

— Je viendrai avec toi.

Sa décision prise, elle se sentit mieux.

— Il me reste seulement quelques dernières touches à apporter à la décoration de l'appartement. Nous pourrons nous marier à Hermanus. Maintenant que père... Maintenant qu'il n'est plus là... nous n'avons aucune raison de célébrer cela à Pretoria.

Il y eut un long silence. Quand Bruce reprit la parole, ce fut d'une voix très basse, un peu incertaine.

— Je voulais t'épargner, Jenny, mais tu me forces à te parler sans détour. Je pars sans toi.

Jenny pâlit. Si elle n'avait pas été assise, ses jambes se seraient dérobées sous elle.

— Que veux-tu dire ? murmura-t-elle, lorsqu'elle put parler.

— Je pars seul, répéta-t-il plus fortement.

— Alors... Tu... tu veux dire que notre mariage ne se fera pas ?

Les yeux bruns, cette fois, soutinrent son regard. Ils exprimaient une certaine dureté, comme si Bruce s'attendait à des protestations et s'y préparait.

— Ce n'est pas tout à fait cela, répondit-il. Mais il me faut du temps. J'ai besoin de me retrouver seul, de réfléchir. Jenny, mon petit...

Sa voix contenait comme une supplique.

— Nous avons tous les deux besoin de temps, je crois.

Comme elle avait été aveugle ! Et stupide ! Il y avait certainement eu des signes précurseurs depuis plusieurs semaines, et elle ne les avait pas vus. Un certain manque d'empressement à fixer la date du mariage, moins d'ardeur dans les baisers de Bruce. Jenny avait attribué ce dernier signe à de la sollicitude de sa part.

En quelques secondes seulement, toutes ses illusions s'effondraient.

— Alors, tout est fini entre nous ? parvint-elle à murmurer.

— Non, Jenny. Simplement... eh bien, nous nous sommes peut-être un peu trop précipités. Nous avons besoin de temps...

Etait-ce vraiment Bruce qui parlait avec les mots d'un étranger, avec cette expression honteuse ? Leurs relations avaient-elles eu si peu d'importance pour lui, au point qu'il ne trouvait pas le courage de s'exprimer clairement, au lieu d'avoir recours à des prétextes ?

D'un geste saccadé, elle ôta de son doigt sa bague de fiançailles et se leva en tremblant.

— Reprends-la.

Elle lui tendit le bijou qui avait représenté jusque-là son bien le plus précieux.

Jenny se détournait de la table lorsqu'il l'attrapa par le poignet.

— Jenny ! Jenny, attends !

— Attendre quoi ?

Elle battit des paupières pour refouler ses larmes et le regarda bien en face.

— Tu en fais toute une affaire. C'est seulement...

Il s'interrompit, chercha ses mots.

— ... une séparation. Le... le temps d'être sûr.

Un instant, il lui fit pitié. Dans son affection pour Bruce, elle avait vu exclusivement ses points forts. Pour la première fois, elle le découvrait incertain, incapable de prendre une décision et d'en accepter les conséquences. Il la rejetait mais il tenait à sa bonne opinion de lui.

— Non, Bruce.

Elle se redressa de toute sa taille.

— Peut-être nous retrouverons-nous. Je n'en sais rien... Mais, pour le moment, garde la bague.

Il lui lâcha le poignet, et elle vit la surprise se peindre sur ses traits. Il ouvrit la bouche, comme pour parler. Mais Jenny n'attendit pas ses paroles. Elle s'éloigna vivement, sans un regard en arrière. La jeune fille avait l'étrange impression d'avoir été la plus forte.

Ce sentiment de fierté et d'indépendance persista durant le trajet en taxi jusqu'au faubourg de Sunnyside; tout au long de l'allée bordée d'arbustes qui menait à l'immeuble. Après tout, elle n'avait besoin de personne et avait bien agi envers Bruce.

Mais ce bel optimisme l'abandonna quand elle ouvrit la porte de son appartement et fut assaillie par une impression de solitude, de vide intense.

Jenny savait que sa réaction avait été provoquée par son orgueil. Un orgueil mêlé à la détermination de ne pas laisser voir à Bruce à quel point son abandon la blessait. Car c'était bel et bien de cela qu'il était question, même s'il avait essayé d'atténuer le choc. Il avait besoin de solitude, avait-il dit. Il aurait pu tout aussi bien lui déclarer son intention de mettre fin à leurs relations. Sans doute l'en aurait-elle respecté davantage.

Quand elle était entrée, Jenny n'avait pas pris la peine d'allumer. Elle tendit enfin la main vers le commutateur d'une petite lampe, et, instantanément, la pièce fut baignée d'une lumière diffuse.

La jeune fille regarda autour d'elle. Tous les objets aimés étaient là : les deux fauteuils crapaud recouverts de cretonne fleurie blanche et verte ; les tapis et les rideaux dans un camaïeu assorti. L'ensemble donnait à l'appartement une agréable fraîcheur, même par les journées les plus torrides. Il y avait aussi les tableaux, une collection d'art africain qui lui avait coûté plusieurs mois de salaire. Et les bibelots, chacun d'eux choisi avec tout le soin d'une femme qui appréciait la beauté.

La beauté, elle s'efforçait à longueur de journée d'en entourer les autres. Jenny tenait toujours compte des goûts et de la personnalité de ses clients, comme de leur vie personnelle. Chez elle, elle avait créé l'atmosphère qui lui plaisait et qui mettait en valeur les différents aspects d'elle-même. Jusqu'à ce jour, l'appartement avait été un refuge, le seul endroit, en dehors d'Impalavlei, où elle se sentait à l'abri. Alors, pourquoi éprouvait-elle à présent cette horrible sensation de vide?

Bruce s'était assis dans ces sièges, il avait touché ces bibelots, feuilleté ces livres qui les intéressaient l'un et l'autre. Ils avaient échangé des douces promesses sur ce canapé, en rêvant à leur avenir.

Jenny se leva brusquement et passa sur le balcon. L'immeuble s'élevait à l'angle de deux rues très animées. Le bruit de la circulation montait vers elle, les phares des voitures tissaient un réseau lumineux dans la nuit illuminée par les néons. Jenny, d'ordinaire, aimait cette animation, mais, ce soir, le vacarme, l'agitation l'irritaient. Un jeune couple s'étreignait sur le trottoir, et sa vue lui apporta une nouvelle sensation de souffrance. Elle ne pourrait échapper à cette impression de vide, songea-t-elle tout à coup, aussi longtemps qu'y demeureraient les souvenirs.

Elle ne sut trop quand sa pensée se tourna vers Impalavlei. Quelques heures seulement s'étaient écoulées depuis son entrevue avec Daniel Bannister, mais le choc de la rupture avec Bruce avait chassé leur conversation de son esprit. L'entretien lui revenait maintenant en mémoire, et elle fut saisie d'une soudaine nostalgie pour la réserve qui avait été son foyer durant ses dix-huit premières années.

Jenny n'avait pas même besoin de fermer les yeux pour retrouver le paysage nocturne de la réserve. Elle voyait le bâtiment principal, où son père avait son bureau et son appartement. Elle se rappelait le fauteuil où il s'installait, la nuit venue, pour fumer sa pipe et lire à la lumière d'une lampe à pétrole. Elle se remémorait, de place en place au long de la clôture, les feux dont les flammes dansantes empêchaient les animaux de pénétrer dans le camp. Au-delà, c'était la brousse et sa dangereuse vie. La faim des chasseurs, la vigilance des pourchassés. Pourtant, tout le drame se jouait sous l'apparence superficielle d'une silencieuse sérénité.

Deux voitures échappèrent de justesse à une collision, dans un hurlement de freins, et Jenny fit la grimace. Là-bas, aucun son strident ne viendrait troubler la paisible atmosphère. Rien d'étonnant si son père avait toute sa vie résisté à l'attirance de la ville. Une pensée nouvelle vint pour la première fois à l'esprit de la jeune fille : cet amour obstiné d'une existence simple avait contenu une sagesse qu'elle n'avait jamais saisie.

« Vendez Impalavlei », avait dit Daniel Bannister. Ce matin-là, le conseil lui avait paru raisonnable : elle n'imaginait pas Bruce s'adaptant au rythme de la réserve. Mais cet obstacle n'existait plus, dorénavant.

Le notaire avait aussi fait remarquer que Jenny ne pourrait pas exploiter seule le domaine, et cet avis-là lui avait semblé valable. Sa vie était à Pretoria. La rupture avec Bruce n'avait rien changé aux réalités, aux exigences de son métier.

Pourtant, appuyée à la balustrade de pierre, Jenny, pensive, n'en était plus tout à fait sûre. Ces derniers temps, elle avait parfois connu certains doutes à propos de l'orientation de sa vie professionnelle et s'était efforcée de les repousser. Si les idées nouvelles lui venaient moins facilement, ce devait simplement être dû à une crise momentanée, et ses collègues devaient en connaître de semblables.

Jamais elle ne perdrait sa passion pour la décoration, mais peut-être avait-elle besoin d'autre chose. Elle avait pensé que le mariage le lui apporterait. Mais n'avait-elle pas fait fausse route après tout ? Un changement radical serait sans doute plus bénéfique pour elle.

Elle n'avait pas remis en cause les affirmations de Daniel Bannister mais, pour la première fois, elle savait que son vieil ami s'était trompé. Jenny était très capable de diriger Impalavlei. Elle y avait vécu assez longtemps pour se rappeler ce que faisait son père.

La sonnerie du téléphone l'arracha à sa méditation, et, préoccupée, elle rentra à l'intérieur.

— Jenny ?

Elle se raidit.

— Oui, Bruce ?

— A propos de ce soir...

— Je t'en prie, n'en parlons plus.

— Mais si, au contraire... Notre séparation n'est pas forcément définitive.

« Mais elle l'est. » La certitude lui était venue spontanément, sans l'ombre d'un doute. Elle se taisait.

— Jenny ! fit Bruce, plus fort.

— N'en parlons plus, veux-tu ?

La fermeté de sa voix la surprit.

— Non !

Bruce se sentait maintenant rejeté à son tour, et c'était lui qui suppliait.

— Il nous faut un peu de temps, c'est tout. Je t'écrirai, Jenny.

— Je vais changer d'adresse.

— Tu pars ?

— Je rentre chez moi. Je retourne à Impalavlei.

Il y eut un instant de silence. La jeune fille imaginait l'expression de stupeur incrédule sur les traits réguliers. Durant son séjour à la réserve, Bruce s'était ennuyé, et Jenny se demanda comment elle avait pu ne pas s'en apercevoir sur le moment.

— Tu es folle, déclara-t-il enfin.

Oui, il avait raison. C'était de la folie de concevoir un tel projet. Le matin venu, elle aurait tout oublié.

Mais, le lendemain, l'idée s'était fixée plus fermement encore dans son esprit...

2

Le notaire eut la même réaction que Bruce, mais en des termes plus réservés.

— Une décision un peu hâtive, Jenny, fit-il.

— Non.

Jenny redressa le menton, et Daniel, qui retrouvait en elle un peu de l'obstination de Tom Malloy, la considéra pensivement.

— Avez-vous bien réfléchi ? demanda-t-il.

— Longuement.

Elle ne précisa pas qu'elle était restée éveillée durant des heures ; sa désolation s'était évanouie, et les idées avaient commencé à se bousculer dans sa tête. Devant le front plissé d'inquiétude de son vieil ami, elle sourit.

— Jamais je n'ai été plus sûre de moi.

— Je vois, dit le notaire en lui rendant un bref sourire.

Il ajouta :

— Vous connaissez Impalavlei aussi bien que moi.. aussi bien que votre père. Je n'ai rien à vous apprendre sur ce que vous allez trouver.

— Vous essayez vraiment de me décourager ! l'interrompit Jenny, déconcertée. Et je ne comprends pas pourquoi. Impalavlei est ma maison, *ma* maison. J'y serai heureuse, vous le savez bien...

Elle se tut : l'expression du visage de son interlocuteur l'inquiétait. Après une pause, elle reprit :

— Vous le savez, Daniel.

Il ne lui répondit pas directement. Il fixa la jeune fille avant de lui annoncer :

— Je ne vous ai pas encore informée d'une chose, Jenny. Il y avait une lettre, au courrier de ce matin.

— Joshua Adams, murmura la jeune fille, d'instinct.

— En effet, acquiesça le notaire. Il vient en Afrique du Sud et veut voir Impalavlei.

— Et pas par simple curiosité, je suppose.

Elle avait perçu la gravité de la voix de Daniel.

— Joshua est un homme d'affaires. Et, je vous l'ai dit hier, les circonstances ne sont plus les mêmes.

Elle tendit la main.

— Puis-je voir sa lettre ?

Elle s'était plus ou moins attendue à son contenu. Ce qui la frappa, ce fut l'écriture. Ferme, rapide, impatiente, c'était celle d'un homme plein de force, d'assurance, de sang-froid. Un homme accoutumé à imposer sa volonté aux autres et à rencontrer rarement une quelconque opposition.

— Laissez-moi m'en occuper, Jenny, conseilla Daniel en lui reprenant le feuillet. Donnez-moi une procuration afin que nous puissions vendre, si Joshua y consent.

Les frêles épaules s'affaissèrent un instant, avant de se redresser. D'un ton brusque, elle déclara :

— Non.

— Très bien.

M. Bannister parlait calmement, mais Jenny crut discerner dans son regard une lueur d'admiration.

Ils bavardèrent encore un moment. Daniel Bannister avait renoncé à tout effort pour détourner Jenny de ses projets. Mais elle devait être au courant de certains faits, de chiffres à examiner, des aspects financiers à étudier.

Elle allait partir quand Daniel Bannister s'enquit brusquement :

— Bruce a-t-il quelque chose à voir dans cette décision ?

Jenny se raidit imperceptiblement. Mais sa réaction méfiante fut de courte durée. Daniel était la seule personne impossible à leurrer par une réplique facile et aussi le seul ami sur lequel elle pouvait compter.

— Hier, peut-être, admit-elle lentement. Pas ce matin.

Une lueur intense brilla dans les yeux d'un violet profond.

— Je vais à Impalavlei parce que j'ai envie de me retrouver là-bas. Ne vous faites pas de souci pour moi, Daniel.

Cette fois, le sourire du notaire fut sans réserve.

— Non. Je vous souhaite bonne chance, Jenny.

Le coucher du soleil était proche quand Jenny arriva à Impalavlei. L'heure était de celles qu'elle préférait. De la voiture, elle contemplait les ombres plus longues. Elle avait eu raison de revenir. Le véhicule approchait d'un troupeau d'impalas. Les gracieuses gazelles étaient en train de paître, les oreilles dressées, le regard aux aguets.

— Arrêtez, voulez-vous, ordonna Jenny.

— Des impalas, c'est tout, fit George, le chauffeur.

Il ralentit et se retourna vers elle d'un air intrigué.

Jenny le comprenait fort bien. Les charmants animaux abondaient dans la réserve. Apercevoir un lion était une chose rare. Voir un éléphant ou une girafe était plus facile, mais provoquait cependant une

24

certaine émotion. Les impalas, eux, étaient partout. Et c'était précisément la raison pour laquelle elle avait envie de les observer : les impalas, pour elle, signifiaient qu'elle était de nouveau chez elle.

— Oui, je sais, convint-elle. Oh, George, c'est si bon d'être de retour !

A ces mots, George eut un sourire éclatant. Dans le souvenir de Jenny, George, le bras droit de son père, avait toujours vécu à Impalavlei. La mort de Tom Malloy avait dû lui causer un profond chagrin. Et il avait dû se demander jusqu'à quel point cette disparition allait affecter sa propre existence. Si l'on vendait le parc, le nouveau propriétaire ne voudrait peut-être pas le garder à son service. George se faisait vieux ; il n'était plus le pisteur agile que Tom Malloy avait engagé vingt-cinq ans plus tôt. Il devait être soulagé de voir que Jenny allait diriger Impalavlei. Quand il était venu à sa rencontre, sur le quai désert de la gare, pour lui prendre ses valises, l'expression de son visage avait trahi sa joie.

Ils se remirent en route. Chaque virage était familier à Jenny. Il y avait le pont qui enjambait le lit d'un cours d'eau et, tout de suite après, le bouquet d'arbres fantomatiques, aux maigres branches blanchies et dénudées. Plus loin, une rangée de cactus exhibait de minuscules fleurs rouges à l'extrémité de tiges grasses.

George ralentit une fois encore, pour permettre à la jeune fille de regarder une girafe grignoter les feuilles d'un grand mopani et, un peu plus loin, d'observer un porc-épic qui traversait la route en se dandinant comiquement.

Ils étaient presque arrivés au camp lorsque Jenny se tourna vers l'homme qui connaissait ce domaine mieux que quiconque.

— Il y a bien peu d'animaux, remarqua-t-elle.

Leurs regards assombris se croisèrent.

— L'année a été mauvaise, Miss Jenny.

— Pas de pluie ?

— Très peu.

La sécheresse. Le fléau de l'Afrique, des bêtes qui avaient besoin d'eau pour survivre. Jenny se rappelait les périodes où son père s'était montré très inquiet. Elle songea au cours d'eau, desséché depuis des années. Un moment plus tôt, ils étaient passés devant un *vlei*, un trou d'eau. L'année précédente, elle l'avait vu plein. Cette année, il ne contenait plus rien.

Tom Malloy s'était résigné de longue date à cet état de choses. Certaines années, la pluie tombait en abondance, et le gibier abondait sur le vaste territoire d'Impalavlei. D'autres fois, les cours d'eau et les *vlei* étaient à sec, et les troupeaux émigraient, peut-être vers le Parc Kruger, peut-être vers l'une des réserves privées où l'on trouvait encore de l'eau.

Durant ces périodes difficiles, l'inquiétude de Tom Malloy était tempérée par sa résignation. Il comprenait les divagations de la nature et ne se rebellait pas contre elles. Si, une année, la pluie était rare, l'année suivante en apporterait peut-être beaucoup. Les trous d'eau seraient pleins, les animaux reviendraient en grand nombre. Et Jenny avait appris de son père cette même philosophie.

Elle oublia ce problème quand, après un virage, le camp lui apparut. A son avis, son père avait choisi, pour y élever sa maison l'endroit le plus joli du parc. Etabli très haut sur la pente d'une colline, juste au-dessus d'une rivière, le camp bénéficiait d'une vue inégalable sur la brousse. Jenny avait vu bien des fois les visiteurs se tenir derrière la clôture, jumelles en main, pour fouiller le terrain à la recherche d'animaux. Ceux-ci, bien souvent, venaient jusque-là pour boire : les impalas et les antilopes, bêtes gracieuses, aux pieds légers ; les babouins aux gambades comiques, qui émettaient des jappements sonores en se précipitant à travers les arbres ; et, les plus impressionnants de tous, les éléphants en troupeau, qui plongeaient leurs trompes dans l'eau pour asperger ensuite leurs dos poussiéreux.

Rien n'avait changé, se dit Jenny, quand George passa entre les deux piliers de pierre. Pas à première vue, du moins. Des bougainvillées écarlates cascadaient sur les cases et, dans le jardin, les verges d'or et les hibiscus rivalisaient d'éclat. Les rondavels se groupaient en demi-cercle autour du bâtiment principal, et, sur les marches de pierre d'une dépendance était disposée une rangée de lampes à pétrole. Tout était comme toujours, paisible, rustique, serein. Elle était chez elle. Seul avait disparu un personnage essentiel. Toujours, dans le passé, une haute silhouette s'était profilée à l'approche de la voiture. Les tout derniers temps, Tom Malloy avait pris un aspect de plus en plus fragile, mais son sourire avait toujours été aussi accueillant.

Jenny sentit sa gorge se serrer. Elle fit un immense effort pour refouler ses larmes. George garait la voiture ; le personnel allait venir au-devant d'elle, et tous se désoleraient à la vue de son chagrin.

En ouvrant la portière, Jenny se fit une promesse : « Impalavlei sera en sécurité entre mes mains. » Sans raison valable, elle songea à Joshua Adams, à sa lettre couchée en termes directs d'homme d'affaires, à son écriture qui trahissait l'impatience et la détermination.

La température était encore très élevée et le resterait jusqu'au coucher du soleil. Pourtant, un instant, la jeune fille fut glacée. Mais elle se secoua en voyant approcher un petit groupe. Les émotions des dernières semaines — la mort de son père, la réaction de son fiancé — l'avaient plus ébranlée qu'elle ne l'avait cru. Sinon, pourquoi une simple missive l'aurait-elle bouleversée ? Elle se contraignit à sourire et s'avança vivement.

Jenny s'adapta rapidement à la vie d'Impalavlei. Les employés, en grande partie, travaillaient depuis des années à la réserve et acceptaient volontiers ses ordres. Encore n'avait-elle pas à en donner beaucoup : avec le temps, une routine quotidienne s'était établie. Elle se révélait satisfaisante ; il n'était pas nécessaire d'en changer.

Jenny se trouva pleinement occupée. Son père s'était lui-même chargé des besognes administratives. Pendant un certain temps, il avait employé une secrétaire, pour le courrier, la tenue des registres, l'approvisionnement. Mais, quand les finances d'Impalavlei s'étaient détériorées, il avait assumé ces tâches. Et Jenny, à son tour, les avait prises en charge.

La réserve accueillait pour l'instant trois résidents. Les Anderson, un couple d'âge mûr, venaient de temps en temps de Pretoria pour échapper au tumulte de la ville. Le troisième client était un vieil ami de Tom Malloy, un excentrique qui, armé de jumelles et d'un livre, passait aisément des heures au bord d'un trou d'eau, sans ennui, sans lassitude. Sur les huit cases, six étaient inoccupées. Jenny prit connaissance des réservations ; elles étaient assez peu nombreuses mais régulières. La plupart des noms lui étaient connus : c'étaient ceux des habitués qui leur rendaient visite régulièrement.

Parfois, en fin de journée, quand elle contemplait devant la clôture la brousse qui s'assombrissait, la jeune fille prenait conscience de la transformation radicale qui s'était opérée dans son existence en quelques semaines. Pretoria, son métier lui semblaient faire partie d'un autre univers. Tout ce qui lui restait de cette vie, c'étaient les trésors qu'elle avait apportés

28

avec elle. Elle avait vendu une partie des meubles, mais pas tous : certains lui étaient devenus trop précieux. Jenny n'avait pu se résoudre à se séparer de ses rideaux et de ses coussins, de ses tableaux et de ses livres, de ses bibelots. Tout ce qui avait naguère contribué à rendre de son appartement de Sunnyside un bienheureux refuge, se trouvait désormais dans sa chambre. Et ces objets apportaient une note raffinée dans la rustique simplicité de la réserve.

Les seules nouvelles de Bruce qu'elle avait reçues depuis leur dernière conversation téléphonique étaient une carte postale. Elle s'efforçait de ne pas penser à lui : son abandon était encore douloureux. Pourtant, elle devait bien admettre qu'il s'agissait là surtout d'orgueil blessé. Peut-être avait-il eu raison : après une période de séparation, leurs relations redeviendraient aussi solides que jamais. Une part d'elle-même voulait le croire. Une autre part lui soufflait tout autre chose : si Bruce avait besoin d'être seul pour quelque temps, elle en avait besoin, elle aussi, et, quand prendrait fin le temps de la séparation, chacun de son côté pourrait bien être parvenu à des conclusions toutes différentes.

Un matin, trois semaines environ après son arrivée, elle émondait un figuier sauvage, quand une employée vint la trouver : un inconnu l'attendait à la réception.

Elle se débarrassa de ses gants de jardinage, tout en se demandant qui cela pouvait bien être. Une arrivée prévue lui avait-elle échappé ? La veille encore, elle avait vérifié les réservations.

Jenny passa rapidement les doigts dans ses cheveux emmêlés par le vent et se dirigea vers le bureau. Sur le seuil, elle s'immobilisa. Debout devant la fenêtre, un homme regardait au-dehors. Des cheveux noirs bouclaient sur sa nuque, juste au-dessus du col d'une veste bien coupée. Il était grand, vigoureux, athlétique, avec de larges épaules. Les mains dans les poches de son pantalon, il se tenait les jambes légèrement écartées. Jenny n'aurait su dire pourquoi son attitude évoquait pour elle l'impatience ; ni pourquoi, soudain, elle se sentait frémir.

Il se retourna tout à coup, et la jeune fille se trouva devant l'homme le plus attirant qu'elle eût jamais vu : il avait un long visage mince et bien modelé qui renforçait encore l'impression de vigueur. Les yeux, sous les sourcils obliques, étaient vifs, intelligents. Mais l'expression des prunelles grises n'était pas le moins du monde amusée. Jenny y lisait plutôt du mécontentement.

Ce n'était certainement pas un client attitré, se dit-elle. Elle s'approcha du registre, ouvert sur le comptoir. Si elle connaissait son nom, elle pourrait se libérer de ce sentiment d'infériorité.

— Bonjour, fit-elle lentement.

— Je suis Joshua Adams, annonça-t-il avec une certaine ironie, comme s'il percevait son embarras. Bonjour, Jenny Malloy.

— Joshua !

Bouche bée, elle le dévisageait. Plus tard, quand elle aurait le temps de réfléchir, Jenny se demanderait comment elle avait pu être assez sotte pour ne pas deviner tout de suite son identité.

Elle se reprit, pour lancer ce qui lui passa par la tête :

— Vous avez toujours l'air aussi impatient.

Il eut l'air amusé.

— Et vous, vous êtes presque aussi mal habillée que dans mon souvenir.

Du regard, il détailla le tee-shirt qui soulignait la courbe pleine de sa poitrine. Il ajouta :

— Mais, par certains côtés, vous avez changé.

Elle rougit et se redressa fièrement. Jenny se sentait

ridiculement petite, par rapport à cet athlète qui mesurait plus d'un mètre quatre-vingts.

— Daniel Bannister m'avait annoncé votre venue.

— Ah ? Ainsi, vous m'attendiez ?

Jenny ne savait trop pourquoi elle se sentait déconcertée, ni pourquoi elle avait l'impression de s'être mise dans son tort.

— Naturellement, jeta-t-elle, agacée. J'ai lu votre lettre. Si vous m'aviez fait connaître la date de votre arrivée, nous serions allés vous chercher à la gare.

— En fait, je vous ai écrit.

— Je n'ai rien reçu…

— Depuis quand votre boîte aux lettres n'a-t-elle pas été vidée ?

On ne pouvait se méprendre sur le mépris contenu dans sa voix.

— La boîte aux lettres ?

Jenny dut faire un effort pour se rappeler l'endroit, distant de plusieurs kilomètres, où le courrier était déposé. En principe, George devait s'y rendre en voiture chaque matin ; en pratique, il en allait différemment : le courrier n'était pas assez abondant pour justifier un voyage quotidien. Sur la défensive, elle déclara :

— Elle a été vidée il y a deux jours.

— Si récemment ? s'étonna-t-il très poliment.

— Si j'avais pensé y trouver quelque chose d'urgent, j'y serais allée moi-même.

Il haussa un sourcil. Irritée, Jenny lança :

— Impalavlei n'est pas une usine à grand rendement !

Délibérément, il examina le bureau.

— Cela, je suis tout disposé à le croire, admit-il.

Elle suivit ce regard. La pièce n'avait pas changé depuis des années, et elle avait cessé d'en distinguer les détails. Elle la voyait maintenant comme si c'était la première fois. Elle remarqua les meubles vermoulus, le tapis usé. Dans le présentoir de cartes postales, les photos étaient passées, banales. Au mur, les gravures pendaient de travers. Sur le comptoir, le bouquet de protéas séchés avait été ravissant ; il n'était plus que poussiéreux. Face à l'entrée, une tête d'impala était accrochée ; les cornes étaient fendues, et l'animal avait un air lugubre : comme les protéas, les meubles, les cartes postales, il était là depuis pas mal de temps.

Jenny s'étonnait : elle avait l'habitude de considérer tout ce qui était autour d'elle avec des yeux de décoratrice. Pourtant, jusqu'à ce moment, elle ne s'était pas rendu compte que tout avait grand besoin d'être rénové. Mais elle n'allait pas en convenir devant Joshua Adams.

— Allez-vous rester quelques jours ? s'enquit-elle.

Il sourit. Malice ou amusement ?

— Plus longtemps.

Combien de temps ? Elle retint la question qui lui venait aux lèvres et prit un visage impassible.

— Vous désirez donc une chambre, fit-elle calmement.

— Si vous en avez une de disponible.

Il semblait ignorer l'existence des six cases vides mais il était au courant, elle en était certaine.

Elle se dirigea vers la porte, en lançant, avec cette même froideur si étrangère à son tempérament :

— Je vais voir ce que je peux faire.

Sans attendre de réponse, elle sortit rapidement. Elle savait très précisément quelle case elle allait lui attribuer. Le lit était fait, la pièce en ordre. Jenny aurait pu l'y conduire sans le faire attendre, mais elle avait éprouvé une curieuse répugnance à l'idée de l'accompagner. Anna, l'une des servantes, s'en chargerait volontiers.

Après avoir donné ses ordres à la domestique, Jenny baissa les yeux sur ses mains : elle tenait encore ses gants de jardinage, mais tout enthousiasme pour l'émondage l'avait avandonnée.

Elle se rendit dans sa chambre. Sa rencontre avec Joshua Adams la laissait étrangement agitée. Jenny avait envie de se retrouver seule, dans un endroit où elle ne risquerait pas de voir Joshua. La jeune fille voulait disposer d'un peu de temps avant de le retrouver.

Normalement, l'atmosphère calme et paisible de ce havre de paix l'enchantait. Mais, ce jour-là, son attention était polarisée par le miroir. Elle avait vraiment une apparence totalement négligée. Ses cheveux sombres, trempés de sueur, collaient à ses tempes. Son front était maculé de boue. Les traces de poussière ne pouvaient dissimuler la rougeur inhabituelle de son teint. Ses yeux eux-mêmes avaient perdu leur sérénité coutumière ; dans la glace ancienne, elle ne parvenait pas à bien définir leur expression.

Assise à sa coiffeuse, Jenny s'examina de façon critique un long moment. Ainsi, elle était aussi mal habillée que dans son souvenir, lui avait dit Joshua sans ambages. Violemment, elle asséna un coup de poing à la table. Jenny n'aurait pas dû se soucier de son opinion, après tout ce temps. Pourtant, curieusement, elle y attachait de l'importance. Plus qu'elle ne voulait le reconnaître.

Joshua Adams, lui, avait changé. Jenny ne l'aurait pas reconnu. Elle n'avait pas mis longtemps à se rendre compte qu'il se dégageait de sa personne une force, une puissance mêlée à de l'arrogance. Et il possédait aussi des qualités d'une nature plus physique : une sensualité, une virilité qui lui seyaient aussi naturellement que ses vêtements d'une coupe irréprochable.

Sous tous les aspects, il était différent de Bruce. Exactement le type d'homme qui lui déplaisait, songea la jeune fille. Son fiancé était tout aussi masculin, mais il donnait une impression de douceur raffinée.

Malgré elle, elle se demanda ce qu'elle éprouverait si Joshua l'embrassait. Aussitôt, épouvantée, elle écarta cette pensée de son esprit. Joshua Adams était venu à Impalavlei pour affaires. Déjà, son mépris pour les lieux où il avait vécu naguère était visible. Il avait l'intention de rester plus de quelques jours, avait-il dit. Assez longtemps pour prendre connaissance de la situation financière. Elle l'aiderait de tous ses moyens. Plus vite il partirait, et mieux cela vaudrait. Pour Impalavlei, où il pourrait exercer une dangereuse influence. Et pour sa propre paix d'esprit.

Elle se leva brusquement et passa dans la salle de bains. Après une douche, elle enfila une jupe et un chemisier. La jupe large, d'un bleu doux, la changeait de ses jeans. Le chemisier, très modestement décolleté en rond, révélait néanmoins ses courbes féminines.

Quelle vanité ! songea-t-elle avec irritation. Dans un moment, elle allait remettre sa tenue habituelle. L'arrivée de Joshua Adams à Impalavlei ne valait pas tant d'efforts.

Mais elle garda tout de même cette tenue. Elle se rassit à sa coiffeuse et entreprit de se brosser les cheveux à grands coups rapides et rageurs, comme pour se débarrasser de cette inexplicable colère.

On frappa à la porte.

— Entrez, lança-t-elle, sans interrompre le mouvement de la brosse.

Il devait s'agir d'un membre du personnel.

Mais sa main resta en suspens quand apparut dans le miroir un visage mince et dur. Elle sentit le souffle lui manquer. Quand elle put de nouveau respirer, elle se retourna lentement, pour se donner le temps de reprendre son sang-froid.

— Que faites-vous dans ma chambre ? demanda-t-elle d'un ton qui se voulait tranchant.

L'expression amusée lui devenait déjà familière.

— J'ai frappé.

— Je croyais...

Elle s'interrompit, reprit plus calmement :

— Que voulez-vous ?

Il ne répondit pas. Elle le vit examiner avec attention la pièce. Rien ne lui échappait. Les yeux gris se posèrent un instant sur un oiseau en ivoire qui faisait partie de ses trésors les plus précieux. Dans la glace, elle put déceler son admiration et en éprouva une joie absurde. Mais elle se rappela aussitôt que Bruce n'avait jamais aimé cet objet. Son prix l'avait scandalisé.

Oubliant un instant son animosité contre Joshua, elle allait lui demander si le bibelot lui plaisait quand elle s'aperçut qu'il l'observait avec une lueur moqueuse dans le regard. Sous cet examen, Jenny se figea. Il détailla sa tenue, son apparence. La jeune fille avait fait de son mieux pour corriger la mauvaise impression produite lors de leur première rencontre, et il l'avait fort bien deviné. Il ne cherchait d'ailleurs pas à le cacher. La joie de Jenny avait disparu ; elle était devenue cramoisie.

— Que voulez-vous ? répéta-t-elle.

Comme s'il ne l'avait pas entendue, il murmura :

— Un véritable paradoxe...

— Je ne comprends pas, fit-elle d'un ton contraint.

— Mais si.

Une fois de plus, son regard fit le tour de la pièce, avant de revenir à la jeune fille.

— Cette chambre est en contraste flagrant avec le reste de la maison, vous devez bien en être consciente.

Il eut un sourire ironique.

— Et ne battez pas des paupières de cette façon. Vous n'avez rien d'une petite fille innocente, Jenny Malloy. Sinon, vous n'auriez pas pu arranger cette pièce comme vous l'avez fait.

— Je suis décoratrice d'intérieur. Cela satisfait-il votre curiosité ?

Elle parlait d'un ton neutre et s'efforçait de maîtriser les émotions nouvelles qui naissaient en elle. Jenny était furieuse de son attitude méprisante à l'égard d'Impalavlei. Elle éprouvait en même temps une joie renouvelée à l'idée qu'il appréciait son goût. Une pensée fugitive lui vint : jamais Bruce ne l'avait affectée ainsi.

— Je vous le demande encore, dit-elle, que voulez-vous ?

— Avant tout, visiter Impalavlei.

— Naturellement. Nous pourrons l'entreprendre demain, après le petit déjeuner.

— Nous partons maintenant, déclara Joshua.

Elle le dévisagea. Il était vraiment trop sûr de lui. Elle n'avait aucun motif valable de refuser : sa tâche de la journée était accomplie, elle pouvait s'absenter. Mais, si elle ne prenait pas immédiatement une position ferme, cela lui deviendrait plus difficile par la suite.

Elle tenta de chasser cette émotion trouble qui s'emparait d'elle à la pensée de passer quelques heures en tête à tête avec Joshua Adams. Les femmes devaient souvent tomber victimes de son charme. Elle s'arrangerait pour ne pas être de celles-là.

— Nous irons demain, déclara-t-elle d'une voix entrecoupée.

Elle attendait une réplique qui ne vint pas. Mais elle n'était pas préparée à ce qui suivit : d'un mouvement brusque, il lui attrapa le poignet et elle se sentit soulevée de son siège et se retrouva blottie contre lui. Il était si proche que, même sans le toucher vraiment, elle percevait la chaleur de son corps à travers ses vêtements. Elle entendait aussi battre son cœur. Comment osait-il ! se demandait-elle, ulcérée. Quelques minutes plus tôt, elle s'était interrogée sur ce qu'elle éprouverait s'il l'embrassait. Elle n'allait pas tarder à le savoir.

Mais il n'en fit rien. Il murmura seulement à son oreille :

— Ne luttez pas contre moi, Jenny Malloy.

Les forces revinrent à la jeune fille. Les poings serrés contre la poitrine masculine, elle s'écarta de lui.

— Vous avez toujours été un bourreau avec les filles ! lui lança-t-elle.

Il éclata de rire, comme s'il savait très précisément quel effet il produisait sur elle.

— Partons, dit-il.

3

Ils roulaient dans la Land-Rover depuis plus d'une heure. Jenny conduisait ; Joshua, près d'elle, regardait par la portière. Aux yeux d'un observateur inattentif, il aurait pu paraître détendu, mais la jeune fille aurait juré le contraire. Il enregistrait chaque animal, chaque arbre, chaque brin d'herbe, même, couché par la brise.

Jusqu'à présent, ils avaient à peine échangé quelques mots. Il l'avait oubliée, c'était clair. Jenny était simplement la personne qui conduisait la voiture, lui permettant ainsi de reporter toute son attention sur le paysage. Pourquoi était-elle assez sotte pour en être peinée ?

De toute évidence, il ne pensait plus à l'incident qui s'était déroulé un peu plus tôt, dans la chambre de Jenny. Sentir Jenny blottie contre lui ne l'avait pas ému le moins du monde. Jenny aurait aimé pouvoir en dire autant pour son compte.

Elle avait à peine passé quelques secondes dans ses bras. Cela était déjà arrivé à Jenny auparavant, bien entendu. Cependant, elle n'avait jamais dépassé certaines limites. Jenny se voulait pure et chaste pour l'homme qu'elle épouserait. En attendant, certains baisers de Bruce l'avaient émue, elle avait attendu avec impatience le moment où ils seraient mari et femme, où toute barrière serait abattue. Bruce avait parfois tenté de la persuader d'aller plus loin. Une soirée en particulier restait vivace dans sa mémoire.

Ils étaient allés danser, et Jenny avait bu plus que de raison. Plus tard, dans son appartement, quand il l'avait attirée dans ses bras, elle avait pris plaisir à son étreinte passionnée, au contact de ses lèvres sur son visage et sur sa gorge. Il l'avait repoussée en arrière sur le canapé, et elle avait senti ses doigts glisser vers la fermeture de sa robe. Mais elle l'avait écarté en disant qu'ils attendraient leur mariage. Cet incident n'était pas le premier et elle espérait pouvoir lui faire entendre raison : Bruce allait la reprendre contre lui, tous deux retrouveraient la tendre chaleur de leur amour. Mais il s'était levé et lui avait brutalement souhaité bonsoir. Elle se rappelait encore sa désolation en le voyant partir.

Elle se souvenait aussi de ses paroles : « Nous sommes adultes, que diable ! Si tu m'aimais vraiment, Jenny, tu te comporterais en femme. » Trop furieux pour entendre ses protestations, il s'était refusé de comprendre que, sa vie durant, elle s'était juré de n'appartenir à un homme qu'après le mariage.

Elle s'était rappelé cette scène quand elle avait quitté le restaurant, après l'avoir vu pour la dernière fois. Etait-ce sa résistance qui avait pu influencer ce désir de se retrouver seul pour quelque temps ? Peut-être s'était-elle montrée ridicule ? Après tout, il avait raison : ils étaient adultes, et elle l'aimait. Malgré tout, elle avait été convaincue que la décision de Bruce avait été motivée par autre chose.

A présent, elle conduisait à travers la réserve avec Joshua silencieux à son côté, et elle ne songeait plus ni à ses propres scrupules, ni aux motifs qui avaient pu pousser Bruce à la quitter. Sa mémoire s'attardait sur les émotions éprouvées entre les bras de Bruce. Elle y avait pris plaisir, certes. Mais la folle excitation qui s'était emparée d'elle, durant ces quelques secondes où elle avait été si proche de Joshua, était toute nouvelle pour elle.

Et Jenny n'avait aucune intention de l'éprouver à nouveau, décida-t-elle. Du moins, pas avec Joshua Adams, un homme qui était revenu soudainement dans sa vie et qui en sortirait tout aussi soudainement, une fois ses affaires conclues.

Elle conduisait très lentement. La limite de vitesse dans la réserve était fixée à quarante kilomètres mais, si l'on voulait voir les animaux, il fallait rouler moins vite encore. La route droite et sableuse ne réclamait pas une attention soutenue de la part de Jenny ; elle pouvait aisément lancer de temps à autre un coup d'œil à son passager silencieux.

Jenny le voyait de profil. Son nez était bien droit, son menton ferme. Elle n'avait pas besoin de voir ses yeux pour les imaginer : gris, sombres, sévères. Quel air aurait-il s'il riait ? Elle l'avait vu amusé, mais c'était un amusement teinté de moquerie. Pourtant, elle le croyait capable de rire de bon cœur, mais elle ne l'entendrait sans doute jamais. Joshua Adams devait le réserver à certaines personnes, celles qui lui étaient très proches, peut-être. Pour la première fois, elle se demanda s'il était marié. Il ne portait pas d'alliance, mais cela ne voulait rien dire.

Elle écarta cette idée de son esprit pour se remémorer sa propre réaction en apprenant l'importance du rôle de Joshua dans sa vie. Elle en avait éprouvé de l'appréhension, une crainte étrange. Plus tard, elle avait voulu se persuader que ses sentiments étaient sans fondement.

Il était à présent près d'elle en chair et en os, et elle se disait que son instinct ne l'avait pas trompée. Elle avait craint, avant tout, pour Impalavlei. Jenny se souvenait d'un garçon impatient. A juger par son écriture, le fils de Martin Adams ne serait pas un partenaire facile. Ses craintes subsistaient. Le visage fermé de l'homme assis près d'elle, son attitude arrogante depuis son arrivée n'avaient rien fait pour la rassurer.

Mais aujourd'hui, elle avait un autre sujet d'anxiété. Cet homme représentait un danger pour elle. Elle semblait fascinée par son charme.

Jenny détourna soudain son attention de son voisin pour se concentrer sur la route. Elle connaissait Joshua depuis une heure à peine — les souvenirs d'enfance ne comptaient pas — et, déjà, elle se laissait ridiculement influencer par sa personnalité dominante.

A quelque distance en avant de la voiture, une forme brune se devinait à travers les arbres. Un koudou, se dit Jenny. Heureuse d'être un peu distraite de ses pensées, elle arrêta le véhicule sous un bouquet d'acacias.

Au bout de quelques secondes, la poussière soulevée par la Land-Rover retomba, et le koudou devint visible. Si le lion était le roi des animaux, le koudou était certainement le roi des antilopes. Celui qui se trouvait devant eux était particulièrement imposant : un mâle aux larges cornes, au corps puissant, brun strié de lignes blanches caractéristiques. Sans se soucier des intrus ni de la poussière, il broutait les feuilles d'un arbre. Il se détourna subitement, et les grands yeux d'un noir liquide fixèrent les étrangers sans ciller. Il ne paraissait absolument pas inquiet, conscient d'une menace. C'était un animal royal, à l'aise dans son propre domaine.

— Magnifique, n'est-ce pas ? fit-elle en se tournant vers Joshua.

Il haussa un sourcil, mais son regard gris demeura indéchiffrable.

— Oui, en effet, répondit-il laconiquement.

Il était donc insensible! Elle voulut ignorer sa déception en voyant qu'il n'était pas ému par ce spectacle incomparable.

— Vous désirez continuer, je suppose? s'enquit-elle avec une grande politesse.

— S'il vous plaît, dit-il, d'un ton tout aussi courtois.

Quelques kilomètres plus loin, il lui demanda de s'arrêter. Elle regarda autour d'elle. Pas un animal en vue.

— Ici? questionna-t-elle, intriguée.

— Oui, ici.

Elle haussa légèrement les épaules et obéit. En quelques heures seulement, elle avait eu le temps de s'en rendre compte : Joshua Adams n'était pas un homme comme les autres. Bruce aimait parler. Il expliquait avec volubilité chacune de ses actions, avant et après. Sur ce plan, il ressemblait à tous ceux qui évoluaient dans le monde de la mode et de la décoration. Jenny était habituée à leurs bavardages, à leurs explications, à leurs effets dramatiques.

Joshua, semblait-il, se taisait s'il jugeait inutile de parler. Jamais ses décisions ne seraient influencées par d'autres. Tout en étant un peu mortifiée, Jenny ne pouvait s'empêcher de se sentir impressionnée par sa force, son assurance. Mais, s'il tenait à garder le silence, elle était capable d'en faire autant. Jenny coupa le moteur et, comme son compagnon, observa le mutisme le plus complet.

Ils se trouvaient au sommet d'une crête. De tous côtés, la réserve les encerclait : un panorama infini de buissons et d'épineux, de tourbillons de poussière et de rochers au-dessus desquels le soleil faisait monter une brume de chaleur. Le ciel était une immensité bleue, un bleu métallique strié de quelques légers nuages blancs. A l'œil nu, rien ne paraissait bouger dans la brousse. Toutefois, à quelque distance vers l'est, des taches noires tournoyaient dans l'espace : des vautours. Cela signifiait qu'une proie avait été tuée. Dans ces longues herbes sèches, un animal gisait, un impala peut-être, un zèbre ou un gnou, abattu par un prédateur. Quand le chasseur aurait achevé son repas, les vautours descendraient. Pour Jenny, ce spectacle était familier, mais il ne manquait jamais de l'attrister, et, malgré elle, elle frissonna.

Elle se tourna de nouveau vers Joshua. Il avait descendu sa vitre, et son regard était fixé sur l'immensité autour d'eux. Elle ne voyait pas ses yeux, mais le long corps était tendu, la tête brune redressée. Elle reconnaissait cette attitude : son père s'était tenu ainsi, quand il observait la réserve.

Jenny ne sut jamais combien de temps ils étaient restés au sommet de cette crête, tandis que Joshua scrutait ce panorama qui symbolisait la solitude et la sérénité, la beauté et la surexcitation, la sauvagerie et la peur. La brousse pouvait-elle avoir, pour Joshua Adams, la même signification que pour Tom Malloy ? Pour une fois, elle ne s'inquiétait pas de la vue. Elle se concentrait sur son voisin, silencieux, troublant. Jenny eut tout à coup la gorge serrée et, quand il se tourna soudain vers elle, elle se trouva prise au dépourvu, incapable de retenir les larmes qui perlaient sous ses paupières.

Un long moment, il la contempla. Elle voulut se détourner mais n'y parvint pas. Son visage avait une expression étrange, à la fois émouvante et troublante, celle d'un homme qui avait attendu très longtemps pour jouir d'un tel spectacle et qui, par ailleurs, y découvrait plus encore qu'il ne l'avait espéré.

— Nous poursuivons ? dit enfin Joshua.

Sa voix était ironique. La jeune fille le dévisagea une seconde encore, avant de remettre le moteur en marche. En un instant d'émotion, comprit-elle, elle s'était laissé entraîner par son imagination.

Ils venaient de traverser le lit à sec d'un cours d'eau quand il lui demanda une fois de plus de faire halte. Et, cette fois encore, elle fut intriguée. Jenny emmenait souvent des visiteurs faire un tour dans la réserve. Pour la plupart, ils voulaient surtout voir des animaux, particulièrement les grands fauves : les lions, les guépards, les léopards ; des prédateurs, difficiles à surprendre. Mais Joshua Adams n'entrait pas dans cette catégorie de visiteurs, Jenny avait déjà eu le temps de s'en apercevoir. Pourquoi voulait-il s'arrêter dans un endroit aride et pratiquement dépourvu de toute vie animale ? Elle n'en savait absolument rien, mais il devait avoir une bonne raison, elle le sentait.

Le lit du cours d'eau était semblable à celui qu'avait traversé Jenny, lors de son arrivée à Impalavlei ; semblable à la plupart des ruisseaux et des *vlei* de la réserve. Les berges étaient sableuses : un sable sec et doux, ponctué des empreintes de nombreuses bêtes qui étaient venues là en quête d'eau. Jenny reconnaissait celles des impalas et des koudous, et les empreintes presque humaines des babouins. Il y avait aussi la marque profonde d'un éléphant. Elle était ancienne. De la bouche de George, la jeune fille avait appris qu'aucun pachyderme ne s'était montré depuis longtemps.

Un peu plus bas, quelques impalas grattaient de leurs sabots le sol desséché. Leurs mouvements étaient las et pourtant frénétiques. Jenny les observa avec tristesse. Ils cherchaient les quelques gouttes qui pouvaient encore se cacher sous le sol. Le spectacle était attristant.

— L'année a été sèche, remarqua Jenny, comme pour elle-même.

Tout à coup, Joshua lui saisit brutalement le poignet, l'obligeant à se retourner vers lui.

Ses yeux luisaient ; il semblait furieux. Il n'avait plus rien de commun avec l'homme qu'elle avait vu au sommet de la crête.

— Ainsi, l'année a été sèche !

Déconcertée par ce ton mordant, elle le dévisagea.

— Oui. Il n'y a pas eu de pluie...

— Autrement dit, pas d'eau pour les animaux.

— Très peu.

Elle avait peine à réfléchir, sous l'étreinte de ses doigts. Ce simple contact faisait battre son cœur dangereusement vite.

— Et qu'a-t-on fait pour y remédier ?

Chaque mot était détaché, articulé avec netteté.

Elle secoua la tête.

— Lâchez-moi.

Quand elle se retrouva brusquement libre, elle reprit :

— Rien, je suppose.

Le juron qui s'échappa des lèvres de Joshua n'était pas fait pour des oreilles féminines. Il demanda ensuite :

— Que faisait donc votre père, durant toutes ces années ?

La colère, chez Jenny, prit le pas sur le désarroi.

Joshua Adams avait apporté à Impalavlei un soutien financier, mais elle l'oublia pour lancer d'un ton accusateur.

— Avez-vous vécu assez longtemps en Amérique pour oublier qu'on ne manipule pas le temps ? Nous sommes en Afrique, Joshua.

— C'est exact.

Le regard qui s'attardait sur le visage de la jeune

fille était énigmatique, comme si ce soudain éclat lui révélait un nouvel aspect de la personnalité de Jenny.

Elle avait perdu toute prudence.

—. Nous avons des inondations. Nous connaissons aussi des périodes de sécheresse. Les unes et les autres échappent à notre contrôle.

— Les événements peuvent échapper à notre contrôle. Leurs conséquences, non.

Il parlait calmement. Il se serait adressé ainsi, pensa-t-elle, à une enfant obstinée, qu'on pouvait apaiser en la raisonnant. Dès son arrivée à Impalavlei, il avait adopté cette attitude condescendante. Mais elle n'était pas disposée à la supporter plus longtemps.

— Je ne sais vraiment pas de quoi vous parlez ! lui lança-t-elle avec fureur. Mais vous insinuez que mon père ne connaissait pas son affaire. Vous l'avez laissé entendre depuis votre arrivée !

— C'est bien possible.

— Vous n'en avez pas le droit !

— Là, vous vous trompez.

Jenny devint livide. Elle avait été ridicule d'oublier, fût-ce un instant, que Joshua avait la haute main sur Impalavlei.

— Vous voulez parler du prêt, murmura-t-elle enfin.

— Un prêt qui était plutôt un cadeau, fit-il d'une voix neutre. Je soupçonnais bien que la réserve était mal administrée mais j'ignorais à quel point.

Son regard se durcit.

— Rien d'étonnant si Tom Malloy n'avait pu obtenir de se faire financer par une banque. Il aurait été parfaitement incapable de rembourser.

Il s'exprimait comme s'il avait estimé que tout cela n'avait guère d'importance.

Jenny s'enquit d'une voix tremblante :

— A supposer que vous ayez raison — et je me

refuse à l'admettre —, avez-vous fait part de vos idées à mon père ?

— Non.

— Pourquoi pas ?

Il ne répondit pas immédiatement. Joshua s'était remis à examiner la jeune fille : les yeux violets si expressifs, si grands qu'ils semblaient immenses dans le fin visage ; les boucles désordonnées qui cascadaient sur ses épaules ; les lèvres entrouvertes et frémissantes. Jenny n'avait aucune idée du charmant tableau qu'elle offrait. Elle savait seulement que cet examen la bouleversait profondément, et, involontairement, elle se rappela le contact des doigts de Joshua sur son poignet.

— Pourquoi pas ? répéta-t-elle.

Elle n'avait pas tellement envie d'entendre sa réponse mais son silence lui était insupportable.

— Cela aussi, vous le savez. Martin avait une lourde dette envers Tom.

— C'était de l'histoire ancienne.

Mais Joshua lui-même, elle se le rappela un peu tardivement, était venu au secours de Tom Malloy.

— Vous avez été très bon d'aider mon père quand il en a eu besoin.

— Je vous remercie de le reconnaître.

Elle aurait pu accepter ses paroles, si elles ne s'étaient teintées de moquerie.

— Martin n'a jamais oublié, reprit-il.

— Une loyauté de longue date, fit lentement Jenny, émue malgré elle. Mais récemment, c'est vous qui avez répondu à la requête de mon père.

— Il vous avait donc mise dans la confidence ?

— En grande partie. Je... je n'étais pas au courant du prêt. C'est Daniel Bannister qui m'en a informée.

— Je vois, fit-il pensivement.

— Vous êtes-vous senti obligé de faire ce geste en mémoire de Martin ? reprit-elle.

— Il l'aurait souhaité, je crois.

Il soutenait sans ciller le défi contenu dans ses yeux violets.

— Voilà pourquoi vous avez laissé aller les choses, alors que vous jugiez le domaine... mal administré.

Elle avait prononcé cette dernière phrase avec peine.

Pour toute réponse, Joshua haussa les sourcils. Elle eut envie de le gifler à toute volée, pour effacer de son visage cette expression suffisante. Mais elle se maîtrisa et poursuivit :

— Vous êtes revenu quand vous avez appris la mort de Tom. Vous pensiez que vous n'étiez plus lié par ce sentiment de devoir filial ?

— Si vous tenez à l'exprimer ainsi, rétorqua-t-il.

Jamais elle n'avait rencontré un homme d'une telle franchise. Dans le monde où elle évoluait, les gens maniaient l'exagération, la flatterie, le sous-entendu. Bruce lui-même n'exprimait pas directement ses pensées « Il nous faut du temps pour réfléchir, pour nous retrouver seuls... », avait-il annoncé. S'il avait voulu mettre fin à leurs relations, il ne l'avait pas clairement précisé.

Mais ce n'était pas le moment de songer à Bruce. Jenny avait besoin d'une totale concentration pour tenir tête à l'homme qui lui faisait face.

— Et vous vous moquez de tout ce que je peux penser ou ressentir, n'est-ce pas ?

Il mit très longtemps à répondre, et elle se demanda s'il n'allait pas ignorer sa question. Lentement, il détailla ses lèvres, avant de s'attarder sur les courbes de son corps, Jenny était rouge de honte.

— Je n'irais pas jusque-là, lança-t-il enfin, d'un ton traînant. Mais, il y a un instant, nous parlions de la mauvaise administration de la réserve ; Impalavlei est dans un état déplorable, Jenny. Nous roulons maintenant depuis deux heures, et c'est à peine si j'ai aperçu de l'eau.

— Il n'y a pas eu de pluie, je vous l'ai dit...

— Et, à cause de cela, les animaux doivent mourir... ou chercher de l'eau ailleurs.

— Au Parc Kruger, indiqua la jeune fille, d'un ton mal assuré.

— Ou dans l'une des autres réserves privées. Et c'est absurde. Nous vivons à l'âge de la technologie. S'il y a pénurie, il faut trouver moyen d'y remédier.

— Père respectait les lois de la nature, murmura Jenny à voix basse. Certes, nous avons connu quelques années de sécheresse. Mais cela finira bien par changer.

— Ce sont des sottises, déclara-t-il. Et vous le savez fort bien. Presque tous les trous d'eau sont à sec. Et il y a en tout et pour tout deux forages dans le domaine. Comment cela pourrait-il suffire ? Pas d'eau, pas d'animaux. Rien d'étonnant si Impalavlei est au bord de la faillite !

— Ce n'est pas vrai !

— Alors, pourquoi avons-nous seulement trois pensionnaires ?

La voix de Joshua contenait une note menaçante. Jenny lui jeta un coup d'œil, vit la bouche durcie, la mâchoire crispée. Plus inquiétant encore que son attitude était l'usage du mot « nous ». Daniel Bannister lui avait fourni tous les faits dont elle avait besoin, et Joshua les avait confirmés. Pourtant, jusqu'à ce moment, elle l'avait considéré comme un simple visiteur.

Mais il avait dit « nous ». Jenny se heurtait brutalement à une réalité nouvelle.

— C'est exact : nous avons seulement trois résidents en ce moment.

Elle levait vers lui un regard troublé.

— Et le manque d'eau... c'est vrai aussi. Mais père
a connu des périodes difficiles et il s'en est tiré.

— Pas tout seul. Il va falloir apporter des changements.

4

Après cette déclaration prononcée d'un ton sans réplique, il y eut entre eux un long silence. Jamais l'habitacle de la voiture n'avait paru aussi restreint à Jenny. Joshua paraissait accaparer tout l'espace, emplir l'air ambiant de sa puissance, de sa force, d'une enivrante virilité.

Jenny voyait ses jambes, à quelques centimètres des siennes. Elles étaient longues, musclées. Il avait posé sur sa cuisse une main dont les doigts étaient fins et minces. « Je suis folle », songea Jenny avec ironie, « me voilà en train de remarquer des détails insignifiants alors que nous discutons de problèmes pressants, qui affectaient ma vie même ». Pourtant, elle était incapable de maîtriser ses pensées.

Avec un réel effort, elle détacha son regard de Joshua, pour fixer son attention sur la rive sableuse du cours d'eau. Les impalas avaient renoncé à leur quête et descendaient vers une ligne de buissons. Rien n'aurait pu priver de leur grâce ces bêtes délicates, mais il y avait quelque chose de désolé dans leur attitude.

Ils trouveraient de l'eau quelque part, Jenny le savait. Il y avait encore des ressources, secrètes, cachées, très restreintes peut-être. Mais elles devaient exister. Sinon, il ne serait pas resté un seul animal dans la réserve. Pourtant, les déclarations de Joshua contenaient une part de vérité. Malgré son hostilité et sa colère, elle devait bien le reconnaître.

— Quels changements ? s'enquit-elle enfin, d'une toute petite voix.

— Importants... Regardez-moi, Jenny, reprit-il après un silence.

Jenny se raidit, sans détourner les yeux du lit desséché du cours d'eau. Elle était bien forcée de l'écouter, mais rien ne l'obligeait à soutenir son regard.

— Quels changements ? répéta-t-elle, d'une voix plus aiguë.

Tout à coup, elle sentit sa main glisser sous sa nuque. En dépit de son indignation, elle était incapable de bouger : ce simple contact provoquait en elle des frissons difficilement contrôlables.

Puis, lentement, il la força à se retourner vers lui. Elle ne pouvait lui résister.

— Laissez-moi, parvint-elle à murmurer.

— Si j'ai votre attention, certainement.

Il relâcha son étreinte, soulevant au passage la lourde chevelure. Sans savoir pourquoi, Jenny en éprouva un intense sentiment de frustration.

Elle s'évertua à demeurer impassible et leva les yeux vers lui. Il plissait les paupières, et son regard était pénétrant, sous les sourcils obliques. Il arborait une expression ironique comme s'il percevait ses efforts et s'en amusait.

— L'eau constituera notre objectif essentiel, déclara-t-il.

— Vous ferez d'autres forages, je suppose. Savez-vous comment vous y prendre ? interrogea-t-elle avec curiosité.

— Je sais comment m'assurer l'aide d'experts.

Nous remplirons les *vlei* desséchés. Quand notre travail sera achevé, nous trouverons le moyen de familiariser les animaux avec leurs nouveaux abreuvoirs, et ils reviendront.

— Vous ne laissez rien au hasard, n'est-ce pas ? Quels autres changements avez-vous en vue ? Sans doute avez-vous envie de remettre en état le bureau de réception ?

— On aurait dû le faire depuis longtemps, à moindre frais.

— Autre chose encore ?

Un long moment, il la contempla pensivement. Jenny ne comprenait pas pourquoi elle se sentait mal à l'aise sous ce regard.

— Nous allons rénover les cases, déclara-t-il enfin.

Un bref sourire éclaira son visage.

— Dans ce domaine, ce sera vous, l'expert. Il faudra aussi goudronner les routes. Ouvrir une vaste baie dans la salle à manger...

Jenny le dévisageait. Quand il se tut, elle fut d'abord incapable de parler. Elle finit par dire :

— Vous plaisantez, j'espère ?

— Je n'ai pas l'habitude de plaisanter en affaires.

— Et, pour vous, Impalavlei ne représente pas autre chose. Une affaire ! Vous arrivez ici et vous croyez pouvoir transformer une paisible retraite en pleine brousse en un endroit à la mode...

— Calmez-vous ! ordonna-t-il.

— Non ! Pour qui vous prenez-vous, Joshua Adams ? Pensez-vous avoir le droit, parce que vous avez un jour accordé un prêt à mon père, de changer de fond en comble l'endroit qu'il aimait ?

— C'était un prêt considérable, précisa-t-il, d'un ton mesuré.

Elle se mordit les lèvres.

— Je vous rembourserai.

Une lueur d'admiration passa dans les yeux gris.

— Vous êtes courageuse. Mais ridicule aussi. Vous n'avez aucun espoir d'y parvenir.

Elle se redressa.

— J'en découvrirai bien le moyen.

— Il se trouve, fit-il très doucement, que je ne tiens pas à récupérer mon argent.

Elle en resta bouche bée.

— Vous voulez dire... Vous n'avez tout de même pas fait un don généreux ?

— Ne soyez pas naïve, lança-t-il, moqueur. Je suis un homme d'affaires, Jenny.

— Peut-être feriez-vous mieux de me préciser ce que vous avez en tête.

Elle crut voir son regard s'adoucir, mais sa voix ne changea pas.

— J'ai l'intention de faire d'Imapalavlei une réserve dont nous pourrons être fiers.

— Vous voulez le transformer en un centre d'intérêt à l'américaine, jeta-t-elle, méprisante.

— Je veux en faire un centre d'intérêt africain, corrigea-t-il. J'ai suggéré certaines améliorations. Je n'ai pas parlé de bouleverser toute une culture.

— Et quelle est ma place dans tous ces projets ?

La question l'obsédait depuis qu'il avait abordé la question de changements.

Il la considéra d'un air impénétrable.

— Cela dépend de vous, Jenny.

Elle se rappela alors les paroles de David Bannister. Sur le moment, Jenny avait rejeté cette solution.

— Je pourrais mettre Impalavlei en vente, déclara-t-elle, avec un détachement qu'elle était loin d'éprouver.

— Non, fit-il doucement.

— Daniel Bannister m'a assuré le contraire. Vous seriez remboursé. J'aurais ce qui resterait.

— Daniel ne connaissait pas tous les faits. Il est maintenant au courant.

Calmement, il lui fournit des explications claires, concises : il possédait la plus grande partie du domaine. Jenny devint très pâle, mais ne broncha pas. Elle ne lui laisserait pas voir à quel point le choc avait été brutal.

Il dut néanmoins percevoir son émotion. Quand il reprit la parole, ce fut avec une douceur dont elle ne l'aurait pas cru capable.

— A mon avis, vous avez le choix entre deux solutions. Vous pouvez me vendre votre part : je la paierai à sa juste valeur. Ou bien vous pouvez la conserver. Vous resterez ici, à Impalavlei, et, ensemble, nous rénoverons la réserve... J'espère vous voir opter pour cette dernière possibilité, ajouta-t-il après un silence.

Une alternative apparemment assez simple. Mais les deux choses étaient impossibles. Jenny ne pouvait envisager de vendre sa part de la réserve. La perspective de se séparer du domaine tant aimé avait été pénible dans l'étude de Daniel Bannister ; elle l'était plus encore à présent : Joshua deviendrait propriétaire. Cette seule idée lui répugnait.

Mais l'autre éventualité n'était pas plus aisée. Demeurer à Impalavlei signifierait donner son accord aux transformations souhaitées par Joshua, qui allaient à l'encontre des convictions de son père.

— Alors, Jenny ?

Il attendait une réponse immédiate. Encore une preuve de son arrogance, songea Jenny : il ne lui laissait pas le temps de réfléchir. Elle dit prudemment :

— Si je comprends bien, vous voulez accroître la valeur d'Impalavlei. Quand ce sera fait, vous le céderez au plus offrant.

— Vous vous trompez.

— Ah ? fit-elle, incrédule. Vous engagerez quelqu'un pour vous en occuper à votre place ?

Il prit un air amusé.

— Vous ne me croyez pas capable de m'en occuper moi-même ?

— Mais vous serez en Amérique...

Elle se trouvait soudain incapable de soutenir son regard.

— Naturellement, vous allez retourner là-bas ?

— Pas pour l'instant, fit-il, énigmatique. Alors, Jenny, voulez-vous ou non rester ici et m'aider ?

Désemparée, elle se détourna. Si elle demeurait à Impalavlei, elle aurait avec Joshua des contacts quotidiens. Une sorte d'intimité s'établirait entre eux. Il y avait actuellement trois pensionnaires à la réserve. Par moments, il n'y en avait aucun. Elle ne pouvait pas, elle ne voulait pas le voir chaque jour...

Mais, si elle n'était pas là pour le surveiller, Joshua pourrait faire d'Impalavlei ce qu'il voudrait. Jenny imaginait ce qui arriverait. Le sanctuaire de paix et de rustique sérénité deviendrait un modèle de rendement et d'efficacité. Un endroit où abonderaient le chrome et les couleurs voyantes, où les touristes, hommes et femmes, gesticulants et vociférants, viendraient photographier les animaux sous l'angle unique d'une vaste baie.

Joshua doterait Impalavlei de tous les avantages que le père de Jenny avait détestés. Parmi toutes ses suggestions, seule, l'idée de fournir de l'eau était raisonnable. Et cette idée elle-même serait allée contre les convictions de son père.

Si ce dernier avait été vivant, il aurait lutté pied à pied contre son bienfaiteur. Jenny seule pouvait le faire à sa place.

Elle reprit haleine et, lentement, affronta. Il avait

plissé les paupières, un peu comme s'il cherchait à lire ses pensées. Mais c'était une idée absurde : il n'avait aucun moyen de les connaître.

— Je resterai, déclara Jenny.

— J'en suis heureux, déclara-t-il avec simplicité. Mais le regard pénétrant n'avait pas changé.

— Ne le soyez pas. Je ferai tout mon possible pour vous empêcher de transformer Impalavlei, lança-t-elle avec défi. Et ne vous croyez pas en mesure de me contraindre à partir. J'ai des droits, moi aussi, je le sais.

Elle lui faisait face, prête à une réaction. Elle ignorait qu'aux yeux de l'homme qui l'observait, elle avait l'air d'un petit elfe en colère.

A sa grande surprise, Joshua demeura impassible. Il dit seulement :

— Notre association va être intéressante. Il fait très chaud, ici, Jenny, ajouta-t-il. Rentrons.

Quand vint le soir, la jeune fille commençait à se demander si sa décision avait été imprudente. Ils avaient échangé très peu de paroles, durant le trajet de retour jusqu'au camp. Elle fixait son attention sur la route inutilement, étant donné la limite de vitesse. Si Joshua lui avait adressé la parole, elle lui aurait répondu, mais elle était décidée à ne pas entamer elle-même une conversation.

Mais Joshua demeurait silencieux. Il avait fait valoir ses arguments, et n'avait pas besoin de revenir sur le sujet. D'une certaine manière, ce silence rendait Jenny furieuse ; elle aurait préféré l'entendre parler. Il paraissait se suffire à lui-même, et c'était exaspérant. Par ailleurs, elle était ainsi d'autant plus consciente de sa présence physique. Il dégageait un magnétisme troublant. Et Jenny se sentait différente, tendue. Elle aurait tout intérêt à se tenir à l'écart de cet homme.

C'était plus facile à dire qu'à faire. A l'approche du crépuscule, Jenny se rendit compte qu'elle devrait inviter Joshua à dîner avec elle. Il n'y avait pas de fourneaux dans les cases, mais, devant chacun, on avait aménagé un barbecue. Déjà s'élevaient des odeurs de charbon de bois et de viande grillée. Les visiteurs, à Impalavlei, apportaient dans des glacières tout ce dont ils auraient besoin pour un court séjour. S'ils restaient plus longtemps, ils se rendaient au village le plus proche et reconstituaient leurs provisions.

Joshua n'avait pas dû se munir de ravitaillement. Elle n'avait donc pas le choix. Il ne parut pas surpris et accepta avec plaisir.

Elle le regarda se charger du feu de braise. Il retournait les steaks sur le gril avec toute l'habileté d'un homme habitué à cette tâche. Elle s'en irrita, y vit une menace. Joshua montrerait la même compétence dans tous les domaines qui pouvaient affecter sa vie, elle le devinait d'instinct. Il serait d'autant plus difficile de lutter contre lui. Pourtant, elle le devait, si elle voulait préserver ce qui était devenu à ses yeux l'âme d'Impalavlei.

Il faisait presque nuit quand ils se mirent à table. Une lampe à pétrole, suspendue à une branche d'arbre au-dessus d'eux, les isolait du reste du camp dans un brillant halo de lumière. Les voyant ensemble, un inconnu aurait eu toutes les raisons de les croire en parfaite harmonie, songea Jenny, en jetant un coup d'œil à son compagnon. On aurait même pu les prendre pour mari et femme. Elle se redressa brusquement et se demanda comment une telle idée avait pu lui venir à l'esprit. Elle l'écarta aussitôt. Son compagnon avait détourné les yeux ; elle pouvait l'observer à loisir.

Le visage aux traits bien dessinés qui, en plein jour,

inspirait le respect, semblait adouci. La douce lumière de la lampe lui donnait une expression de calme et de sérénité. Mais la lueur incertaine était trompeuse : il n'y avait ni calme ni douceur chez Joshua Adams. Pour elle, il était devenu l'ennemi. Peut-être, en cet instant précis, songeait-il à des moyens de transformer Impalavlei. Si elle n'y prenait pas garde, il le modifierait au point de ne rien lui laisser de son caractère essentiel.

Comme s'il avait saisi le fil de ses pensées, il rompit le silence.

— Un restaurant.

Ce mot eut l'effet d'une bombe sur Jenny.

— Pardon ? s'écria-t-elle, abasourdie.

Sous l'outrage, elle faillit se lever de sa chaise.

— Qu'avez-vous dit ?

— Nous construirons un restaurant.

— Eclairé au néon, avec des tables recouvertes de nappes en plastique et un juke-box ?

Sa voix exprimait une violente amertume.

— Quelle idée fantastique, Joshua ! Pourquoi mon père n'y avait-il pas songé depuis des années ?

— Quelle énergie, pour une si petite fille !

Sa voix, dans la pénombre, était basse et calme.

— J'émets une suggestion, et vous réagissez comme si j'avais fait exploser un pétard. Qu'y a-t-il de si terrible dans l'idée que je viens de proposer.

— Tout ! Je ne devrais pas avoir besoin de vous l'expliquer.

— Faites-le tout de même.

— Toute l'atmosphère de la réserve serait détruite.

Elle s'interrompit pour chercher ses mots et fut heureuse de ne pas le voir l'interrompre. Elle reprit plus posément.

— Impalavlei est pareil à un poste avancé aux

limites de la civilisation. Un endroit où les gens peuvent connaître des plaisirs simples.

— Se brûler les doigts, par exemple, en faisant griller leur viande, parce qu'ils sont rentrés trop tard au camp pour préparer leur repas avant la nuit.

— Ce n'est pas cela du tout.

Elle devait faire effort pour ne pas s'emporter. Joshua Adams devait particulièrement détester les femmes hystériques du moins en affaires.

— Nos visiteurs aiment la vie du camp. Ils vivent pour la plupart dans des grandes villes : Johannesburg, Pretoria... Certains viennent même de Durban. Impalavlei est très simple, je vous l'accorde. Il ne bénéficie pas du confort moderne d'autres réserves, comme le Parc Kruger... Mais c'est ce que cherchent ces gens, du moins pour quelque temps...

Jenny s'interrompit de nouveau. Son père se serait montré bien plus éloquent. Elle le revoyait, assis dans son fauteuil de toile, au crépuscule, les yeux fixés par-delà la rivière, sur les hectares de brousse où vivaient ses animaux bien-aimés. Ce qui, pour ses pensionnaires, était un simple interlude dans leurs vies agitées avait été pour lui une philosophie, presque une religion, l'unique manière de vivre.

Elle poursuivit :

— C'est difficile à expliquer. Votre père le comprenait, Joshua, comme le mien. Et je ne sais pourquoi, mais j'aurais cru que vous le saisiriez, vous aussi.

— Je le vois. C'est la raison de ma présence ici.

Elle perçut dans sa voix une inflexion nouvelle. En dépit d'elle-même, en dépit de sa méfiance, elle en fut émue un instant.

Quand il reprit la parole, toute émotion avait disparu.

— Je suis sensible à vos arguments, Jenny. Mais

vous est-il jamais venu à l'esprit qu'on pouvait améliorer Impalavlei sans détruire son atmosphère ?

Il prit la main de la jeune fille dans la sienne et Jenny ne put réprimer un frémissement. D'instinct, elle voulut se dégager, mais Joshua resserra son étreinte.

— Nous avons pris un mauvais départ, vous et moi, fit-il. Toute cette hostilité n'a pas la moindre raison d'être.

Comme il se trompait ! songea Jenny à part elle. Mais la pure réaction physique provoquée en elle était trop violente pour lui permettre d'exprimer tout haut sa pensée.

— Pour l'essentiel, nos vues à l'égard d'Impalavlei sont semblables, insista-t-il, comme s'il avait perçu sa protestation muette. Nous considérons simplement les choses sous un jour différent. A mon avis, les gens ne verraient pas le changement d'un mauvais œil. De l'eau en abondance amènerait plus d'animaux. Vous n'allez pas me dire que nous en avons vu beaucoup, cet après-midi. Un bureau plus accueillant créerait une première impression plus favorable. Si la décoration intérieure des cases était plus gaie, plus moderne, cela ne priverait pas le camp de son atmosphère.

— Lâchez ma main ! ordonna Jenny, crispée.

— Comme vous voudrez.

Il obéit, et elle l'entendit rire tout bas.

Elle n'avait plus aucune raison d'être troublée à présent, mais, curieusement, elle dut se concentrer pour l'écouter. Décidément, cet homme possédait un pouvoir extraordinaire sur elle !

Le restaurant qu'il envisageait, expliqua-t-il, ne ressemblait en rien au tableau criard qu'elle en avait peint. Il serait petit, intime, meublé en harmonie avec le cadre rustique de la réserve. Les pensionnaires qui préféreraient faire eux-mêmes griller leur viande pourraient continuer à le faire. Mais d'autres seraient peut-être heureux de bénéficier des facilités d'un restaurant.

En ce qui concernait les routes goudronnées, il ne comprenait pas la résistance de la jeune fille. La poussière soulevée par les voitures était gênante. On pouvait apercevoir un animal au bord de la route, mais, le temps que le nuage sableux se dissipe, il aurait peut-être disparu dans la brousse.

— Des routes goudronnées dans un endroit sauvage, répéta Jenny, sarcastique.

Elle avait entendu son père s'exprimer ainsi.

La voix de Joshua demeura calme, comme s'il refusait de se laisser irriter par son ironie.

— Pourquoi pas ? Si mes souvenirs sont exacts, les propriétaires du Parc Kruger l'ont fait et la réserve n'a subi aucun dommage. Les visiteurs étaient plutôt contents de ne pas être étouffés par la poussière des voitures qui les précédaient.

Si Jenny soulevait une objection, il avait une réponse toute prête. Une réponse apparemment raisonnable. Jenny considéra le long visage fin et se demanda avec désespoir comment elle pourrait trouver le moyen de lutter contre lui. Soudain, une idée lui vint. Ce n'était pas en soi un argument, mais elle en tira de l'espoir.

— Toutes ces... améliorations, commença-t-elle, avez-vous songé au prix qu'elles coûteraient ?

A la lumière de la lampe à pétrole, elle le vit sourire.

— Je ne m'aventure jamais dans une affaire sans savoir à peu près à quoi je m'expose.

Furieuse, elle le dévisagea un moment, avant de se lever d'un bond.

— Une affaire ! lança-t-elle en s'écartant de la table. Impalavlei ne représente rien d'autre pour vous !

— Jenny ! Ne soyez pas ridicule.

Il s'empara de son poignet, un peu brutalement, cette fois, dans un effort pour l'obliger à se rasseoir.

Mais la colère donnait des forces à Jenny. Elle se dégagea d'un mouvement vif.

— Laissez-moi tranquille, espèce de brute ! lança-t-elle à travers ses larmes.

S'il lui répondit, elle ne l'entendit pas : Jenny avait pris la fuite dans la nuit.

5

Si elle l'avait pu, Jenny se serait enfuie très loin. Le plus loin possible d'un homme qui, en quelques heures, était devenu presque un ennemi. Mais, à l'approche de la nuit, il était impossible de sortir du camp. A aucun moment, on ne pouvait suivre les routes à pied, car les prédateurs représentaient un danger constant ; mais, dans l'obscurité, il n'était pas question de s'y aventurer en voiture. Il n'y avait pas de réverbères, à Impalavlei. Là, comme dans le parc Kruger, la règle était stricte : aucun véhicule ne pouvait sortir à partir d'une certaine heure.

La jeune fille dut se contenter d'un endroit proche de la rivière : un muret de pierre, à quelques mètres de la clôture. D'aussi loin qu'elle se souvînt, ce lieu lui avait toujours été cher. Elle y venait quand elle avait envie d'être seule. Jenny s'appuyait à la pierre dure, parfois brûlante sous les rayons du soleil, et son regard plongeait dans la brousse, tandis qu'elle rêvait à son existence future. Et là encore, elle accourait lorsqu'elle était bouleversée ou malheureuse. La solitude l'aidait alors à y voir plus clair.

D'instinct, ce soir-là, elle alla de nouveau s'y réfugier. Le soleil avait disparu, mais la roche conservait encore un peu de la chaleur du jour. Jenny s'y accouda pour réchauffer son corps glacé.

Elle éprouvait cette sensation de froid depuis des heures, depuis le moment où elle avait vu Joshua Adams et saisi la menace qu'il représentait. Il avait parlé d'une affaire. Il s'était exprimé calmement, raisonnablement, et ses paroles avaient résonné comme un arrêt de mort. Impalavlei, le domaine qu'elle aimait, qui avait été pour elle, à travers les années, un foyer, un sanctuaire, un refuge, était simplement une affaire, pour Joshua Adams. C'était là une intolérable réalité... mais elle devait la supporter. Joshua Adams était le maître, pour le moment du moins.

Un peu à sa gauche, de l'autre côté de la clôture, quelque chose bougea. Un meerkat, peut-être, cette espèce de petit rongeur qui vivait dans la brousse. Le bruissement léger détendit la jeune fille. Elle se laissait ridiculement influencer par la présence de Joshua Adams. Elle oubliait qu'elle était encore chez elle, à Impalavlei. Il avait beau se montrer arrogant, dominateur, il ne parviendrait pas à la faire renoncer à son amour pour le domaine, si elle ne se laissait pas faire.

Durant la journée, la brousse paraissait souvent plongée dans le silence. La nuit, elle vibrait d'une activité intense. Elle s'animait des murmures et des courses de petits animaux ; de temps à autre, le cri d'un animal plus grand déchirait l'air. Jenny comprenait la fascination exercée par la brousse sur son père. C'était un lieu de mystère et de magie, de cruauté et de beauté. Un lieu où la nature suivait son cours, comme elle l'avait fait depuis des millénaires.

Elle entendit soudain une sorte de coup de trompette grave. Le bruit évoquait le tonnerre : il était redoutable et retentissait à l'infini. Un éléphant, songea Jenny, émue par ce cri, comme elle l'avait toujours été. Mais, en même temps, elle s'attristait : la rumeur venait de loin. Le pachyderme se trouvait dans l'une des réserves environnantes ; sans doute avait-il découvert un territoire où il y avait encore de l'eau.

Inévitablement, Jenny se rappela sa randonnée avec Joshua. Elle fit un effort pour repousser ce souvenir et se contraignit à penser à autre chose.

La nuit vibrante appelait les souvenirs en abondance. Presque trop : une image après l'autre déferlait, en une vague de nostalgie. La joie de son enfance, déchirée par le chagrin, lors de la mort subite de sa mère dans un accident de voiture. L'intimité avec son père, une intimité qui n'avait en rien souffert quand elle avait quitté Impalavlei pour exercer son métier à Pretoria.

Il y avait Bruce, aussi. Bruce, et un amour qu'elle avait cru profond et durable ; un amour qui lui semblait désormais bien fragile. Le jeune homme avait eu beau déclarer qu'ils avaient simplement besoin, l'un et l'autre, de solitude, Jenny doutait de plus en plus de leur avenir commun. Même si lui songeait encore au mariage, elle n'était plus très sûre de le désirer de son côté.

Vaguement encore, elle avait l'impression que ses sentiments pour Bruce n'avaient été en fait rien d'autre que de l'affection. La présence d'un homme était rassurante, agréable, rien de plus. Mais, au cours des dernières heures, elle avait fait une découverte. Joshua Adams avait éveillé en elle des émotions jamais connues. Il ne lui plaisait pas. En vérité, son antagonisme à l'égard de cet homme était nouveau pour elle ; et elle ne savait si elle aimait ou détestait qu'il soit tout près d'elle. Pour être honnête, elle devait avouer que les baisers de Bruce lui avaient procuré une sensation de plaisir, mais, avec lui, elle n'avait pas éprouvé cette intense tension. Peut-être devait-ellle dès maintenant se demander pourquoi, avant que Bruce ne revînt dans sa vie.

Malgré elle, Jenny repensa à Joshua. Non content de vouloir détruire Impalavlei, il s'imposait aussi, par la seule force de sa personnalité, dans la vie intime de Jenny.

Jenny se sentit tout à coup submergée par la tristesse. Ce malaise était causé par cet afflux de souvenirs, se dit-elle. Elle n'avait pas eu l'intention de s'appesantir sur la transformation inattendue de son existence mais, en tentant d'oublier Joshua, elle avait précisément obtenu ce résultat. Deux mois plus tôt, elle n'aurait pu s'imaginer seule devant ce muret, les yeux perdus dans la nuit de la brousse. Son père vivait encore, alors. Bruce faisait partie intégrante de ses soirées, de ses week-ends, et la décoration de l'appartement en terrasse accaparait le reste de son temps. Le mariage se situait dans un proche avenir, même si la date n'en avait pas été fixée.

En l'espace de quelques jours, le bouleversement avait été total. Sa décision de revenir à Impalavlei lui avait paru raisonnable. Son retour avait été aussi heureux que possible, compte tenu de la mort récente de son père. Jamais elle n'aurait songé à la possibilité d'un conflit. Mais elle n'avait plus aucun doute : ce conflit menaçait.

Sa nostalgie l'avait amenée au bord des larmes. Elle les sentit soudain rouler sur ses joues. Sans bien savoir pourquoi elle pleurait, elle les laissa couler. Elle était seule, il faisait nuit, et cela lui apportait un certain soulagement...

— Jenny...

Malgré elle, elle tourna brusquement la tête puis la baissa pour dissimuler son visage ruisselant. Il lui fallut une seconde pour comprendre qu'il ne pouvait rien voir. Elle-même distinguait seulement, dans la pénombre, une haute silhouette. Il faisait trop sombre pour préciser les traits de Joshua. Elle éprouva un choc en se rendant compte qu'elle n'avait pas besoin de les apercevoir : ils s'étaient gravés dans sa mémoire.

— Laissez-moi, supplia-t-elle très bas.

— Quand vous m'aurez dit ce qui vous chagrine.

Une ou deux fois déjà, elle avait perçu cette douceur dans sa voix.

— Je ne pleure pas.

Il s'approcha, s'appuya au mur, tout près d'elle, et elle l'entendit rire, d'un rire bas, amusé, infiniment troublant. La jeune fille réprima un frisson.

— J'ai au moins appris une chose : il ne faut jamais contredire une femme. Avez-vous un mouchoir ?

Elle secoua la tête.

— Moi, oui, fit-il gaiement.

Elle n'eut pas le temps d'arrêter son geste : déjà, il séchait doucement son visage baigné de larmes. Personne, à part sa mère n'avait eu ce geste de réconfort pour elle.

Mais la main qui frôlait maintenant sa joue n'avait rien de maternel. Jenny avait seulement conscience des longs doigts qui se mouvaient légèrement, lentement, sensuellement.

Elle se contraignit à demeurer immobile. Cette agréable sensation allait bientôt cesser, songea-t-elle déçue. Mais elle fut très étonnée de le voir poursuivre méthodiquement sa tâche. Son chagrin oublié, Jenny fut emportée dans un torrent de désirs qu'elle se refusait à analyser.

— Laissez-moi, parvint-elle à murmurer.

Pour toute réponse, il se mit à caresser la gorge et la nuque de Jenny. Elle vibrait comme un violon sous l'archet d'un virtuose.

Joshua saurait déchaîner la passion de n'importe quelle femme. Involontairement, elle se demanda combien d'inconnues il avait consolées ainsi. Et cette pensée lui causa une étrange souffrance.

Immédiatement, elle se rebella. Quelle importance pouvaient avoir pour elle celles qui avaient compté dans le passé pour Joshua ? Etait-il épris de quelqu'un en ce moment ? Elle était en butte à des difficultés bien assez nombreuses sans chercher encore des complications sentimentales.

— Vous m'avez suivie ? demanda-t-elle, d'une voix mal assurée.

Peu lui importait la réponse, mais elle désirait rompre un silence chargé d'une intolérable tension.

— Non.

Sa curiosité s'éveilla.

— Comment m'avez-vous retrouvée dans la nuit ?

— Je savais où aller.

Il n'avait pas cessé ses douces caresses.

— C'était votre endroit favori quand vous étiez petite.

Stupéfaite, elle renversa la tête en arrière pour le regarder.

— Vous n'allez pas prétendre vous en être souvenu ?

D'un doigt, il la força à soulever le menton. Jenny avait du mal à respirer, elle était comme fascinée par Joshua, incapable, et du moindre mouvement.

— Joshua... murmura-t-elle.

— Je me rappelle bien des choses, souffla-t-il.

Comme cette déclaration semblait étrange, de la bouche de Joshua. Jenny revoyait leur passé, en commun, l'adolescence de Joshua. Pour la jeune fille, cet étranger arrogant, séduisant, n'avait aucun rapport avec le jeune garçon qui avait vécu naguère à Impalavlei.

Subrepticement, les mains de Joshua s'attardèrent sur le décolleté de sa robe. Bien des fois, Bruce avait voulu aller plus loin, et, elle avait toujours pu l'en dissuader. Cela ne lui avait pas été trop difficile : elle n'avait pas eu à lutter contre ses propres émotions. Tout en ayant été plus précises, les tentatives de Bruce n'avaient pas éveillé en elle les sensations que Joshua provoquait si aisément.

— Pourquoi... pourquoi êtes-vous venu à ma recherche ? balbutia-t-elle d'une voix entrecoupée.

— Pour achever notre discussion, rétorqua-t-il d'un ton ironique.

— Nous avions fini.

Elle leva la main et, d'un mouvement vif, se dégagea de l'étreinte de son compagnon.

— Je ne pleure plus, Joshua. Et je ne supporterais pas de parler plus longuement de vos merveilleuses améliorations ce soir.

— Je ne suis pas d'humeur à cela, moi non plus. Jenny, cessez de lutter contre moi.

— Est-ce de cela que vous voulez parler ?

Il hocha la tête.

— Si vous me croyez disposée à abandonner la lutte, vous vous leurrez ! J'ai à peine commencé !

— Vous ressemblez plus à Tom Malloy que dans mon souvenir, remarqua-t-il d'un ton léger. Têtue, obstinée, s'accrochant à un idéal depuis longtemps périmé.

— Vous ne comprenez pas... commença-t-elle.

Il l'interrompit.

— Nous nous sommes mis d'accord pour ne plus mentionner mes projets. Nous n'aborderons pas non plus le trajet de nos attitudes. Du moins, pas ce soir.

Il marqua une pause. Quand il reprit la parole, sa voix avait changé.

— Ne luttez pas contre moi, Jenny. Nous pourrions faire une bonne équipe, tous les deux.

— Non...

— Mais si, mon petit. Vous avez du courage, de l'endurance, un talent créatif : des qualités admirables, à mes yeux. Tentons notre chance, Jenny.

Elle devait lui répondre rapidement, avant de se laisser prendre à la magie des mots, à la séduction de la voix. Durant un bref instant, une joie délirante s'était emparée d'elle. Elle la maîtrisa : ses paroles étaient pure flatterie.

— Cela ne marcherait pas, fit-elle d'un ton neutre.

— Mais si, et je vais vous montrer à quel point.

Il n'avait pas élevé la voix, et elle fut prise au dépourvu quand les bras de Joshua se refermèrent sur elle. Sans lui laisser la possibilité de se dégager, il l'attira contre lui et s'empara de ses lèvres. Sa rapidité la laissa sans réaction. Sous son baiser, elle demeura inerte, comme une poupée brisée.

Quand il devint plus pressant, la conscience revint à la jeune fille. Comment osait-il la traiter ainsi ! S'il comptait sur son savoir-faire pour provoquer sa capitulation, il allait comprendre qu'il s'était trompé en ce qui la concernait ! Furieuse, elle se débattit pour se libérer de son étreinte.

Vainement. Elle avait l'impression d'être emprisonnée entre deux puissants étaus. En sentant sa résistance, Joshua avait redoublé d'ardeur, comme s'il voulait plier Jenny à sa volonté.

Après quelques secondes, elle perdit tout désir de lui échapper. Jenny s'en souviendrait avec épouvante, quand, plus tard, elle se retrouverait seule dans l'obscurité de sa chambre. Avec une incroyable habileté, Joshua avait transformé sa colère en une vibrante excitation. Inconsciemment, elle soupira...

Lentement, il s'écarta et caressa les cheveux de

Jenny. Puis sa main effleura son dos, provoquant une multitude de sensations nouvelles. Elle était blottie contre Joshua et cette proximité lui donnait le vertige.

Dans son abandon, elle en oubliait la personnalité de Joshua, cet homme qu'elle avait détesté dès le premier moment de leur rencontre. La femme, en elle, vibrait à son contact. Elle avait attendu longtemps cet instant — toute sa vie, peut-être.

Elle revint à la triste réalité quand il la lâcha. Jenny sentit ses jambes se dérober et chancela. Elle leva les yeux vers lui. Un peu de l'enchantement des dernières minutes subsistait, et Jenny ne voyait pas le visage détesté de Joshua Adams. C'était celui de l'homme auprès duquel elle s'était sentie vivre plus intensément, devenir plus féminine.

— Convaincue ? demanda-t-il à voix basse.

— C... convaincue ? balbutia-t-elle.

— Que nous ferions une bonne équipe ?

Avec les paroles de Joshua, elle se retrouva brusquement sur terre. Sa colère ressuscita, et une animosité plus grande encore.

— Je suis seulement convaincue que vous n'êtes qu'une brute ! siffla-t-elle.

Et, pour la seconde fois ce soir-là, elle s'enfuit en courant dans la nuit.

Les jours qui suivirent, Jenny s'arrangea pour se tenir le plus possible à l'écart de Joshua. Elle devint habile à découvrir l'endroit du camp où il était occupé, pour s'éloigner ailleurs. Il le remarqua peut-être mais ne dit rien. Joshua n'avait fait non plus aucune réflexions sur sa fuite, après leur dernière rencontre, ni sur ses yeux cernés, le lendemain matin — des cernes qui trahissaient des heures tourmentées sans sommeil.

Après la randonnée à travers la réserve, la jeune fille avait compris que les semaines à venir seraient difficiles. Les caresses et les baisers de Joshua lui avaient révélé autre chose : l'épreuve qu'elle avait choisie serait encore plus rude qu'elle ne l'avait imaginé. Au début, elle s'était surtout tourmentée pour Impalavlei ; Jenny s'inquiétait maintenant pour elle-même. Les instants passés devant le muret de pierre l'avaient profondément bouleversée. Elle avait tout de suite reconnu l'immense attrait que Joshua exerçait sur elle mais Jenny n'aurait jamais cru possible d'en être à ce point affectée.

Un fait, surtout, l'exaspérait : Jenny s'était laissé emporter dans un torrent de sensations ; Joshua, lui, s'était simplement servi de sa considérable expérience pour marquer un point. Du moins ignorait-il que, jamais encore, elle n'avait réagi de cette manière avec un homme. C'était là une bien piètre consolation, mais elle devait s'en satisfaire. Si Joshua venait à s'apercevoir de son emprise sur elle, sa supériorité et son arrogance ne connaîtraient plus de bornes.

Par moments, au cours des derniers jours, Jenny s'était interrogée sur la sagesse de sa décision de rester à Impalavlei. Une partie d'elle-même avait envie de renoncer à la lutte : elle n'en sortirait pas victorieuse, cela ne faisait aucun doute. Joshua Adams avait tout l'air d'un homme capable de mener à bien toutes ses entreprises. Sur le plan financier, comme sur celui de la force de la personnalité, il semblait avoir le dessus.

Pourtant, abandonner Impalavlei serait de la lâcheté. La solution la plus facile ; le moyen d'éviter un conflit avec un être qui ne ressemblait à personne de sa connaissance...

En dépit de son apparence fragile, Jenny Malloy possédait une volonté obstinée. Quand elle avait opté pour une certaine ligne de conduite, elle ne changeait pas aisément d'avis. Et, par amour pour son père, Jenny avait bel et bien décidé de rester à Impalavlei. Elle n'allait pas abandonner sous prétexte qu'un certain Joshua Adams était arrivé sur les lieux.

Ce dernier ne perdit pas de temps pour mettre ses projets à exécution. L'eau était son souci primordial. Des experts se présentèrent à Impalavlei. Joshua les emmena dans la Land-Rover pour leur faire visiter la réserve, et il y eut ensuite des discussions sur la véranda qui dominait la rivière.

Jenny fut invitée à se joindre aux excursions comme aux discussions. Elle eut envie de refuser. Certes, Joshua et elle étaient d'accord sur ce point : l'eau était de toute première importance. Elle avait assez de bon sens pour reconnaître le bien-fondé de son point de vue. Mais Jenny mettait en doute ses motivations. Il agissait ainsi dans le but d'attirer des animaux qui, à leur tour, attireraient plus de touristes, ce qui ferait d'Impalavlei une affaire lucrative. Même s'il avait exprimé son inquiétude pour les animaux eux-mêmes, elle ne l'aurait pas cru.

Néanmoins, il était important pour Jenny, de se tenir au courant de ce qui se passait, et elle accepta ses invitations. Elle accompagna les hommes dans leurs randonnées à travers la réserve et écouta leurs suggestions. De temps à autre, elle intervenait elle-même. Après quoi, elle cherchait instinctivement Joshua des yeux, et elle s'apercevait alors qu'il la contemplait avec une expression pensive. Alors, pendant quelques secondes, Jenny oubliait les autres hommes et les problèmes de la réserve et avait conscience de rougir. En de tels moments, elle se rappelait le premier soir, quand Joshua était venu la retrouver près du muret de pierre et l'avait embrassée. Il ne l'avait plus touchée depuis. Cependant, la pression de ses mains sur son dos, le goût de ses lèvres conservaient toute leur réalité. Elle éprouvait le désir fou de renouveler cette expérience.

Mais ces précieux instants n'avaient pas ému Joshua le moins du monde. La jeune fille ne décelait chez lui aucun changement d'expression quand il détachait d'elle son regard pour le reporter sur les conseillers.

Elle tentait alors de se concentrer sur la discussion, mais, par degrés, son attention s'écartait du sujet en question, des forages, du montant des dépenses, des différentes méthodes possibles. Elle se surprenait à observer les visages de leurs compagnons. Elle remarquait quelque chose d'étrange : celui des experts lui paraissait tout à fait insignifiant alors que Joshua restait à part. Si elle considérait les autres, c'était pour les comparer à lui. Une comparaison qui confirmait sa première idée : il ne ressemblait à aucun autre homme de sa connaissance. Il était *au-dessus* de tous les autres. La différence était visible, dans le port orgueilleux de la tête, dans les lignes du long corps qui, même détendu, exprimait la force. Visible aussi dans le regard pénétrant, dans la voix profonde et vibrante, dans l'assurance tranquille de ses remarques et de ses questions. Jenny en ressentait une inexplicable impression de fierté. Mais elle n'en éprouvait aucune joie.

Après le départ des conseillers, Joshua sollicita l'opinion de Jenny. Elle lui répondit de son mieux : toute autre attitude aurait paru puérile, et il était très important pour elle de ne pas sembler puérile aux yeux de Joshua. Jenny essayait de parler comme lui, sans émotion. Elle s'en tenait au sujet et ne laissait pas la conversation s'égarer sur un plan personnel. Et, quand elle voyait ses yeux se fixer sur elle, avec cette expression énigmatique qu'elle commençait à bien connaître, elle ne rougissait pas.

Par une autre chaude soirée, Jenny se retrouvait près du muret de pierre quand il vint la rejoindre. Le crépuscule approchait. Les arbres et les buissons jetaient sur le sol de longues ombres. Quand celle de Joshua apparut et se mêla aux autres, la jeune fille ne bougea pas. Elle n'avait pas besoin de se retourner pour savoir qui était là. Intuitivement, elle l'avait deviné : à son approche, tous ses sens étaient en alerte.

Il s'immobilisa près d'elle et s'adossa contre la roche. Jenny ne leva pas les yeux vers lui. Elle voyait seulement les longues jambes croisées. Il était en short. Elle se sentit troublée et se détourna pour fixer les yeux sur une girafe solitaire qui se déplaçait parmi les arbres, silhouette lente et gracieuse qui descendait vers l'eau.

— Bonsoir, Jenny.

— Bonsoir, fit-elle sans le regarder.

— Vous admirez le paysage ?

Jenny perçut la nuance d'amusement dans sa voix. Il savait trop bien quel effet il avait sur elle, pensa-t-elle furieusement. Froidement, elle rétorqua :

— Oui.

— Vous l'admirerez plus encore à votre retour.

Elle se raidit.

— Je n'ai l'intention d'aller nulle part.

— Mais si !

C'était précis, catégorique.

Malgré elle, elle se retourna et leva la tête. Le soleil couchant éclairait le visage de Joshua, le transformait en un masque de bronze ciselé. Il constituait le modèle rêvé pour un artiste, songea-t-elle.

— Allons-nous faire une autre randonnée avec les experts ? s'enquit-elle.

Mais, elle savait d'instinct qu'il avait autre chose en tête.

— Nous partons seuls, vous et moi.

Il marqua une pause, comme pour mieux ménager son effet.

— Nous allons à Pretoria.

6

Elle explosa :

— Vous êtes fou !

— Nous partons demain, fit-il, comme s'il ne
l'avait pas entendue. Soyez prête à six heures.

— Mais enfin... Pourquoi ? ajouta-t-elle.

Il eut un large sourire qui éclaira son visage.

— Nous allons faire des courses.

— C'est bien loin, pour faire de simples emplettes.

Elle n'avait pu s'empêcher de parler d'une voix un
peu haletante.

— Nous passerons la nuit là-bas, reprit-il.

Le cœur de la jeune fille se mit à battre à tout
rompre. La seule idée de passer deux jours loin de la
réserve en compagnie de Joshua suffisait à la plonger
dans un violent émoi. Mais elle croisa son regard et se
souvint : il était son ennemi. C'était curieux qu'elle
pût l'oublier, ne fût-ce que pour une seconde.

Elle se raidit et riposta :

— J'avais raison : vous êtes bel et bien fou. Et je ne
viendrai pas.

— Vous ne voulez pas connaître la raison de ce
voyage ?

Le ton était courtois, mais une lueur brillait dans les

yeux de Joshua : elle n'avait pu lui dissimuler cet instant de surexcitation.

Elle se mordit les lèvres de dépit. « Non », avait-elle envie de lui répondre ; « je m'en moque éperdument ». Mais Jenny fut incapable de prononcer ces mots : en réalité, elle brûlait d'envie de savoir.

— Voyons un peu, fit-elle, le plus calmement possible.

— Il est temps de redécorer les cases et le salon.

Ils en avaient déjà discuté mais n'étaient pas revenus sur le sujet. La question de l'eau était passée avant tout le reste. Les forages étaient à présent commencés. Il était temps de passer à autre chose.

Deux semaines plus tôt, Jenny aurait refusé tout net, mais l'expérience lui avait appris que ce comportement n'avait aucun effet sur Joshua. Elle questionna prudemment :

— Qu'avez-vous précisément l'intention de faire ?

— Une rénovation complète.

L'expression de Jenny était tendue.

— Nos pensionnaires se sont toujours contentés de ce que nous leur offrions, riposta-t-elle avec aigreur.

— Ceux que j'ai en vue penseront différemment.

Jenny n'avait pas besoin de grand-chose pour perdre son sang-froid. Brusquement, elle éclata :

— Vous allez transformer Impalavlei en un lieu de villégiature à l'américaine, lança-t-elle, comme le premier jour.

— Avec votre aide, non.

L'intonation de sa voix lui fit relever la tête. Les lèvres de Joshua s'étiraient en un semblant de sourire ; dans ses yeux brillait cette lueur énigmatique si troublante. Il voulait la flatter, se dit-elle. Mais elle ne put s'empêcher de demander :

— Que pourrais-je faire ?

— Curieuse question, de la part d'une décoratrice.

— A mon avis, les cases n'ont pas besoin d'être rénovées.

Si seulement elle avait pu s'exprimer avec plus de conviction !

— Des meubles neufs, dit Joshua. Des lits, naturellement, des fauteuils, des commodes, quelques gravures. Voilà ce qu'il faut.

— Pour l'amour du Ciel, nous sommes censés diriger un camp, pas un hôtel de luxe !

— Des rideaux, des dessus de lit, des tapis...

Il était impitoyable.

Ses paroles évoquaient pour elle des images de tout ce qu'elle aimait : les tissus, les couleurs, le contact du bois sous ses doigts. Elle se faisait l'effet d'un gourmet devant un repas succulent, tout juste hors de sa portée.

— Mon père se retournera dans sa tombe, protesta-t-elle d'une voix faible.

— Soyez prête à six heures, fit-il d'un ton satisfait.

Ce fut cette évidente satisfaction qui la piqua au vif. Joshua avait remporté une trop facile victoire. Il lui avait suffi d'exercer son charme masculin — sans doute, maintenant, l'y savait-il sensible — et de l'appâter par la perspective d'un plaisir auquel elle ne pourrait résister.

— Vous êtes malhonnête, Joshua Adams, jeta-t-elle avec amertume.

— Et vous, Jenny Malloy, répliqua-t-il d'un ton qu'elle ne lui connaissait pas, vous êtes une fort jolie idiote qui n'a pas le courage de suivre ses instincts.

Jenny ne voulut pas lui demander ce qu'il entendait par là. Elle n'était pas prête à supporter les conséquences qui suivraient une telle invite. Un peu tremblante, elle se détourna. Plus tard, quand elle se serait rendue maîtresse de ses émotions, ils pourraient reprendre la conversation. Pour le moment, elle devait à tout prix fuir sa présence.

— Vous avez peur ? souffla-t-il tout à coup.

Elle reprit son souffle et leva la tête.

— Tout le nécessaire a été dit, fit-elle dédaigneusement.

— Croyez-vous ?

Il prit sa main et l'attira vers lui. Joshua n'avait pas employé la force ; pourtant, elle se laissa faire. Il ressemblait à un magicien, pensa-t-elle avec désespoir : il déployait ses charmes, la pliait à sa volonté grâce à sa seule faiblesse.

— Pourquoi n'êtes-vous pas mariée ?

La question la prit au dépourvu. Jenny renversa la tête en arrière pour le regarder. Les derniers rayons du soleil coloraient encore le visage de Joshua. De tout près, elle distinguait les petites taches lumineuses qui dansaient dans ses prunelles grises.

— En quoi cela peut-il vous intéresser ? murmura-t-elle.

— Vous êtes ravissante, et vous voir vivre seule ici a quelque chose d'incongru.

Sa proximité étourdissait la jeune fille, l'intoxiquait. Il avait laissé sa chemise ouverte ; elle voyait son torse puissant. Une vague de désir s'empara d'elle, le désir de se retrouver tout contre lui, d'être embrassée par lui, comme une fois déjà, près de ce petit muret. Inconsciemment, elle se laissa aller vers lui. Mais elle l'entendit reprendre son souffle et leva la tête. Toute son attitude avait changé : il savait qu'elle désirait ses baisers.

Les jambes tremblantes, elle recula d'un pas. Elle avait surpris son expression juste à temps. S'il connaissait toute l'étendue de son pouvoir sur elle, il deviendrait odieux. Il fallait lui ôter toute illusion, sans tarder.

Fièrement, elle le fixa sans ciller, exposant ainsi son visage. Et elle se força à sourire, d'un sourire volontairement éblouissant, qui n'était pas naturel.

— Je suis fiancée, lança-t-elle avec défi.

Sans cesser de sourire, elle le vit se raidir imperceptiblement. Par son froncement de sourcils qui le trahit, elle sut qu'elle avait fait mouche. Mais elle ignorait que Joshua ne voyait pas seulement son sourire : il lisait la tension, le désir dans les yeux violets.

— Vraiment ? fit-il nonchalamment, après un silence. Et qui est l'heureux élu ?

— Il s'appelle Bruce.

— Où se cache-t-il ?

Il l'observait intensément. Elle dut faire effort pour demeurer imperturbable.

— A Pretoria, la plupart du temps. Pour l'instant, il est en reportage… C'est un photographe de mode.

Il était temps de changer de sujet, d'échapper à son regard scrutateur. Elle avait l'impression de faire une horrible grimace tellement elle était crispée. Combien de temps encore pourrait-elle garder la pose ?

Comme s'il devinait ses pensées, Joshua resserra son étreinte.

— Pourquoi n'êtes-vous pas avec lui ?

— On avait besoin de moi ici… Vous le savez bien.

— L'appel du devoir, et vous y avez répondu.

Elle sentait sur sa joue le souffle tiède de son compagnon.

— Il n'a pas vu d'inconvénient à vous laisser venir seule ici ?

Le ton innocent la surprit.

— Non, naturellement !

— Alors, c'est un imbécile, déclara Joshua avec un brusque mépris. Il ne vous aime donc pas ?

Elle rougit. Sa question ravivait un point douloureux.

— Si, bien sûr.

Elle hésita un peu trop longtemps.

— Et je l'aime, moi aussi. La séparation ne fait
aucun mal à deux êtres qui s'aiment.

— Vous croyez à ces sottises ?

Sa voix avait pris une nuance menaçante qui effraya
soudain Jenny.

— Ainsi, Bruce fait entièrement confiance à sa
ravissante fiancée, seule dans la brousse ?

Il l'attira vers lui.

— Si nous mettions votre fidélité à l'épreuve ?

Elle sentit, plutôt qu'elle ne la vit, la tête brune se
pencher vers elle. Jenny ouvrit la bouche pour protester, mais, déjà, les lèvres de Joshua emprisonnaient les
siennes.

Durant quelques secondes, Jenny tenta de lui
résister. Mais ses efforts furent vains. Elle voulut
s'écarter, mais il l'en empêcha aisément. Il devint
possessif, exigeant.

Jenny avait crispé les poings entre elle et lui ; elle le
repoussait de toutes ses forces, dans l'espoir qu'il la
laisserait partir. Mais ses jambes se dérobaient sous
elle, un brûlant désir l'envahissait. Ses mains se
détendirent, remontèrent sur la poitrine de Joshua,
puis sur ses épaules.

Joshua perçut le changement. Il caressa sa gorge,
puis déposa une pluie de petits baisers sur ses joues,
ses yeux clos. En même temps, il la serrait tout contre
lui.

Le petit corps frêle de Jenny était embrasé par une
passion dévorante. Sans même s'en rendre compte,
elle noua ses bras autour de son cou, et ses doigts se
perdirent dans l'épaisse chevelure sombre. Elle avait

cessé son simulacre de lutte pour s'abandonner totalement à son étreinte.

Quand, enfin, ils se séparèrent, hors d'haleine, Jenny posa sur lui un regard qui reflétait le tumulte de son âme. Puis, brusquement, elle revint à la dure réalité. Bruce... La réserve.

Quand il s'approcha d'elle à nouveau, elle se déroba.

— Non ! Je n'en ai pas envie !

— Menteuse ! s'écria-t-il d'une voix rauque.

— Non !

C'était presque un sanglot.

— Ce qui s'est passé... Je ne croyais pas...

Elle s'écarta de lui, au bord des larmes.

— Lâchez-moi, pria-t-elle.

— Vous en avez envie, comme moi, Jenny.

— Non !

Elle le contempla d'un air égaré, sans savoir qu'un reste de lumière rendait son désarroi visible.

— Vous n'auriez pas dû m'embrasser... pas comme cela. Et, si vous osez dire un seul mot à propos de Bruce, de sa confiance, je... je vous tuerai, je crois !

Joshua prit conscience de sa détresse. Il ne fit aucune remarque provocante, aucune allusion à son abandon passionné. Au moment où elle s'éloignait de lui, il dit seulement :

— A six heures, demain matin, Jenny.

Elle était déjà à plusieurs mètres de lui lorsque le reste de ses paroles lui parvint :

— Dormez bien, petite fille, ajouta-t-il dans un souffle.

Jenny n'irait pas avec lui. Pas après ce qui s'était passé. Il avait abusé une fois de sa confiance ; pourquoi ne recommencerait-il pas ? Il était impossible de se fier à lui. Mais que dire aussi des réactions de

Jenny ? Pouvait-elle se fier à elle-même ? Elle devait bien admettre que non.

Maintenant, trop tard, elle se rappelait sa décision de ne pas laisser Joshua prendre conscience de son pouvoir sur elle. Il était humiliant de se remémorer avec quelle rapidité sa bonne résolution s'était envolée.

Plus humiliante encore, la découverte que son corps l'avait trahie. A vingt-trois ans, fière de son bon sens, Jenny ne se serait pas crue capable de laisser ses sens prendre le pas sur son esprit.

C'était simplement une question d'attraction physique, essaya-t-elle de se dire. Elle représentait une proie facile pour un homme riche d'expérience. Une innocente aisée à manipuler. Joshua était un homme séduisant qui était arrivé dans sa vie au moment où, sans le savoir, elle était prête à l'accueillir. Ses sens l'auraient autant trahie avec un autre homme.

Ce qui s'était produit n'avait rien à voir avec l'amour. L'amour... Ce seul mot lui faisait horreur appliqué à Joshua. Il pouvait l'enflammer mais n'en demeurait pas moins l'ennemi, un homme au sens des valeurs très différent du sien. Impossible d'aimer un tel homme. D'ailleurs, même si Bruce avait choisi une séparation temporaire, elle était encore éprise de lui.

Jenny décida de ne pas accompagner Joshua. Elle ferma les yeux, se sentit sombrer dans un profond sommeil. La jeune fille le lui annoncerait quand il viendrait la chercher. Il resterait absent deux jours, au moins. Deux jours pendant lesquels elle pourrait profiter de la solitude d'Impalavlei. C'était précisément ce dont avait besoin son esprit en émoi...

Quand on frappa à sa porte, tout de suite après six heures, Jenny était prête. Elle ignorait à quel moment elle avait changé d'avis, et ne voulait pas y songer. Pourtant, en se regardant une dernière fois dans la glace, elle fut heureuse d'avoir choisi son ensemble-pantalon gris, avec le chemisier bleu roi. C'était l'une de ses tenues préférées, qui mettait en valeur sa mince silhouette. Mais, en même temps, d'une grande sobriété, se rassura-t-elle en toute hâte.

Elle ouvrit. Joshua la détailla sans vergogne et Jenny vit dans son regard une lueur d'approbation. Quand ses yeux se posèrent sur le visage de la jeune fille, elle y lut aussi de la compréhension. Il devinait le conflit mental dont elle avait été la proie, après l'avoir quitté, la veille au soir. Jenny se sentit rougir et se baissa vivement, comme pour vérifier la fermeture de son sac de voyage. Quand elle se redressa, elle avait recouvré son sang-froid.

— Belle journée pour un voyage, observa Joshua en scrutant l'horizon, tandis qu'ils se dirigeaient vers la voiture.

Jenny approuva dans un murmure.

Pour la seconde fois, il avait fait preuve de tact, se dit-elle, au moment où le véhicule franchissait les grilles du camp pour entamer la lente traversée de la brousse. La veille au soir, alors que l'émotion la rendait particulièrement vulnérable, il avait laissé passer l'occasion de se livrer à un commentaire sarcastique. Et il avait fait de même, quelques minutes plus tôt. Joshua pouvait se montrer cruel quand l'envie lui en prenait. Mais il savait aussi faire preuve de générosité, ce qui révélait à Jenny un aspect encore inconnu de son caractère. Et cette découverte la laissait étrangement sans forces.

Ils suivaient à faible allure les routes sableuses de la réserve, et Jenny était absorbée dans la contemplation du paysage. La demi-lumière de l'aube rendait la prudence plus essentielle encore. Jenny se remémorait l'horrible spectacle d'une girafe qui gisait, toute disloquée, en travers du chemin : un conducteur trop pressé n'avait pas vu l'animal ou, peut-être avait mal évalué la distance, dans les brumes matinales qui rendaient la vision brouillée. Joshua saurait rouler très vite avec compétence ; mais il respecterait aussi, quand c'était nécessaire, les règles de prudence.

A cette heure matinale, la brousse était sombre et mystérieuse. Sur les buissons, sur les branches des acacias épineux, des gouttes de rosée étincelantes demeuraient suspendues. Des chants d'oiseaux s'élevaient de tous côtés. Une bande de singes défila en courant le long de la route. Dans le parc Kruger, où certaines voies étaient constamment fréquentées, ces animaux s'étaient habitués aux êtres humains ; ils amusaient les enfants par leurs gambades quand ils sollicitaient des friandises. Mais ceux qui hantaient la brousse d'Impalavlei étaient timides et craintifs ; à l'approche de la voiture, ils s'enfuirent dans les arbres.

Dans une clairière se trouvait une troupe d'impalas. Les gracieuses gazelles étaient en train de paître ; un peu à l'écart, un mâle, le chef du troupeau, surveillait les environs. Quelques kilomètres plus loin, les voyageurs découvrirent quelques vieux gnous. On aurait dit des vieillards grincheux qui avaient oublié de se peigner en quittant leur lit, se dit Jenny, avec une nuance d'amusement. Souvent, quand on voyait des gnous, les zèbres n'étaient pas loin. La jeune fille fouilla la brousse du regard mais ne vit rien.

Joshua avait raison sur un point : il y avait trop peu de bêtes dans la vaste réserve. Jenny se refusait à le reconnaître devant lui, mais elle se rappelait l'époque où le gibier abondait. Avec un peu de chance, de nouveaux trous d'eau provoqueraient le retour de ceux qui avaient vécu naguère à Impalavlei.

A ses côtés, Joshua gardait le silence, mais elle percevait en lui une concentration égale à la sienne. Jenny aurait pu lui communiquer ses réflexions mais elle n'en fit rien. Par fierté, elle ne voulait lui avouer qu'il avait raison. Elle était maintenant d'accord avec lui sur ce sujet, mais jamais elle n'en conviendrait. Elle était persuadée que ses mobiles étaient répréhensibles et elle ne se laisserait pas convaincre du contraire.

Ils quittèrent enfin Impalavlei pour aborder la route goudronnée qui menait à Pretoria, mais Jenny ne se détourna pas de la portière. La voiture avait pris de la vitesse et Joshua conduisait maintenant avec l'aisance qu'elle avait attendue de lui.

Si seulement elle avait été moins consciente de sa présence ! Joshua Adams possédait une personnalité à laquelle il était difficile de résister, et qui provoquait en elle une réaction violente et immédiate dont elle n'aurait jamais soupçonné l'existence. Mais cette vérité était bien dure à accepter car elle détestait aussi fortement Joshua.

Jenny fut heureuse d'apercevoir la ville, dans le lointain. Ces heures de route avaient contribué à créer une tension presque insoutenable. Elle ne supportait pas longtemps de se trouver avec Joshua dans un espace confiné ; elle avait envie de descendre, pour respirer à pleins poumons, oublier cette étrange surexcitation qui s'était emparée d'elle.

En quelques semaines, depuis le départ de la jeune fille, Pretoria s'était transformé. Quand le véhicule franchit une crête, Jenny eut le souffle coupé devant le panorama mauve et vert qui s'étendait de tous côtés. Les jacarandas étaient en fleur, des millions de minuscules corolles formaient une sorte de vaste baldaquin d'une saisissante beauté.

On était au début du printemps, et Pretoria disparaissait presque sous la glorieuse floraison qui en faisait la Cité des Jacarandas. Jenny entendit, près d'elle, Joshua lancer une exclamation de surprise : il était ému, lui aussi, par ce spectacle enchanteur. Du haut de la crête, on avait l'impression de surplomber une mer de nuages mauves qui chatoyaient et miroitaient au soleil.

Ils se trouvèrent enfin dans la ville elle-même. Une multitude de jacarandas bordaient les rues, peuplaient les vastes jardins. Sous les roues de la voiture, les pétales tombés bruissaient comme une pluie tiède. Quand Joshua s'arrêta devant l'un des meilleurs hôtels de Pretoria, la jeune fille était comme étourdie par tant de beauté.

Jenny revint à la réalité en voyant l'hôtel. Une nuit au moins loin d'Impalavlei, avait dit Joshua. Malgré elle, elle lui jeta un coup d'œil. Il l'observait, et ses yeux brillaient d'un amusement sardonique.

— Nous prendrons des chambres séparées, l'informa-t-il.

— Naturellement. Je n'ai jamais pensé autrement.

Dans les yeux de son compagnon, la lueur sardonique s'accentua.

— Rien de naturel là-dedans, à mon avis, riposta-t-il d'un ton traînant.

Il eut un sourire sarcastique devant l'air indigné de Jenny.

— Venez, petite fille. Nous allons nous dégourdir les jambes.

Les pièces qu'on leur avait données étaient voisines. Joshua avait dit qu'il passerait la chercher dans une demi-heure. Néanmoins, elle retardait le moment de se préparer. Jenny s'approcha de la porte-fenêtre qui s'ouvrait sur un petit balcon. Accoudée à la balustrade de fer forgé, elle contempla la ville. Aussi loin que portait le regard, les nuages mauves et verts frémissaient sous la brise. Pourtant, l'humeur de Jenny avait changé ; elle ne prenait plus le même plaisir à ce spectacle.

A quelques pas d'elle, de l'autre côté du mur, Joshua se rafraîchissait, après les heures de route. Elle ne le voyait pas, ne l'entendait pas ; mais avait cependant l'impression de se trouver dans la même pièce. Une telle sensation la troublait profondément.

Elle consulta sa montre : quelques minutes s'étaient écoulées depuis qu'ils s'étaient séparés. Si elle voulait prendre une douche et se changer, Jenny devrait faire vite. Surtout si elle voulait être à son avantage. Et elle en éprouvait un besoin tout particulier. Cela aussi la troublait.

Joshua ne connaissait pas comme elle les magasins de Pretoria. Il tenait à voir les meilleurs de la ville. En dépit des objections de Jenny à la rénovation du camp, elle se surprit à le guider vers l'une de ses boutiques préférées.

Une fois là, elle se perdit dans un univers qu'elle aimait. Il lui était impossible de conserver un air de froide réserve, quand elle se trouvait entourée de tant de merveilles. Elle tendit une main hésitante vers un coupon de mousseline d'un vert de mer. Presque inconsciemment, elle en appréciait déjà les possibilités. Elle passa ensuite à un autre tissu, à un autre encore. Jenny les touchait, les caressait, les palpait.

Elle en vint même à oublier un moment Joshua. Elle n'avait plus conscience de sa présence silencieuse à ses côtés. Jenny aurait été déconcertée si elle avait su qu'il enregistrait toutes les émotions qui se succédaient sur son visage si expressif : l'excitation, le ravissement, parfois la désapprobation. Ses yeux brillaient de plaisir, ses lèvres étaient légèrement entrouvertes. Pour Joshua qui l'observait attentivement, cet aspect de sa personnalité était un trait révélateur qu'il découvrait avec stupéfaction.

— Avez-vous trouvé quelque chose qui pourrait nous servir ? demanda-t-il enfin.

— Oh, oui !

Pour la première fois, en se tournant vers lui, elle lui adressa un sourire éclatant. Elle surprit l'air étonné de son compagnon mais, dans sa surexcitation, n'y attacha pas d'importance.

— La mousseline est parfaite, reprit-elle avec un geste large. Les teintes sont fraîches. Il fait si chaud, la plupart du temps, à Impalavlei : nous devons rechercher une impression de fraîcheur.

Il la laissait parler, désigner les couleurs qui l'attiraient : du vert, du bleu, du turquoise, avec quelques touches de jaune, pour contraster. Jenny avait oublié sa répugnance initiale à collaborer avec lui, et il ne fit rien pour la lui rappeler.

Ils n'achetèrent rien. Pour l'instant, ils se contentaient de regarder. Ils allèrent dans d'autres magasins, examinèrent d'autres tissus, des meubles, des gravures, des bibelots. Plus tard seulement, quand Jenny revivrait en esprit cette journée, elle découvrirait à quel point elle y avait pris plaisir. Combien aussi elle avait mis d'elle-même dans ses réflexions, ses projets. Elle se remémorerait les remarques de Joshua ; elle en reconnaîtrait l'intelligence ; Jenny y verrait la preuve irréfutable qu'il avait saisi l'atmosphère d'Impalavlei, qu'il comprenait ce qui convenait à la réserve.

Tout ce qu'elle avait vu lui donnait le vertige quand il déclara qu'il était temps de rentrer. Le lendemain, quand la jeune fille aurait eu le temps d'établir un plan d'ensemble, elle pourrait faire son choix.

Jenny mit un moment à saisir le sens de ses paroles. Elle s'écria alors, d'un ton stupéfait :

— Vous me laissez carte blanche ?

Lentement, il caressa sa joue puis effleura sa bouche. Le geste ne dura pas plus de quelques secondes. Elle ne put retenir le long frisson qui la parcourut et se contraignit à soutenir le regard de

Joshua, et, devant son sourire, les battements de son cœur s'accélérèrent.

— A mon avis, personne n'en est plus digne, fit-il doucement... Vous connaissez bien Pretoria, ajouta-t-il. Selon vous, où pourrions-nous trouver un repas convenable et de la bonne musique ?

7

Sous le coup d'une impulsion, Jenny avait mis dans son sac de voyage sa robe de mousseline couleur rouille, à la jupe vaporeuse, au corsage garni de minces épaulettes. Elle s'en était un peu voulu, en se disant qu'elle n'aurait pas l'occasion de la mettre. Jenny se réjouissait à présent de l'avoir emportée. Cette toilette la faisait paraître élancée, très féminine.

Joshua vint frapper à sa porte. Jenny lui ouvrit et ne put retenir un petit cri de surprise étouffé. Il portait un costume gris clair, d'un tissu soyeux et certainement coûteux, d'une coupe irréprochable. Sa chemise était d'un gris plus clair et, par contraste, son teint hâlé, ses traits bien dessinés ressortaient plus encore. Jenny l'avait dès l'abord trouvé séduisant ; elle ne s'était pas entièrement rendu compte de sa distinction naturelle.

Dans le cabaret où ils se rendirent, les regards intéressés des autres femmes confirmèrent son opinion. La jeune fille ne remarqua pas tous les yeux masculins tournés vers elle. Jenny était comme plongée dans une étrange stupeur.

Pendant le repas, ils bavardèrent. Pour la première fois, pensa soudain Jenny, ils s'entretenaient à bâtons rompus, sans animosité.

Joshua avait vécu très longtemps en Amérique et Jenny était persuadée qu'il avait dû tout oublier de son enfance en Afrique. A sa grande surprise, il n'en était rien. Il se souvenait d'Impalavlei avec précision et émotion.

Il lui parla un peu de son existence en Amérique et de ses entreprises là-bas. D'après Daniel Bannister, Joshua était un grand homme d'affaires. Jenny, jusque-là, n'avait pas saisi à quel point.

— Etes-vous marié ? s'enquit-elle.

Jenny s'étonnait de n'avoir encore jamais osé abordé le sujet.

— Je croyais que vous connaissiez la réponse, fit-il avec un léger sourire.

— Avez-vous préféré demeurer célibataire ?

Pourquoi ce désir de poursuivre son interrogatoire ? C'était étrange. En attendant sa réponse, elle se rappela qu'il lui avait posé la même question, la veille au soir.

Les yeux d'un gris sombre, indéchiffrables à la lumière incertaine des bougies, s'attardèrent sur les joues veloutées, un peu rosies, sur les lèvres qui s'étaient livrées à son baiser, descendirent ensuite vers le cou délié, la courbe douce des épaules, le renflement de sa gorge sous la fine mousseline.

Le cœur de la jeune fille battait à se rompre, mais, quand Joshua la fixa, elle soutint son regard sans broncher.

— Je n'ai sans doute jamais rencontré la femme idéale, laissa-t-il tomber.

Jenny, intuitivement, se sentait sur un terrain dangereux.

— Pourquoi êtes-vous revenu à Impalavlei ?

Il haussa les sourcils. Le moment d'émotion, s'il y avait bien eu un tel moment, ailleurs que dans son imagination, était passé.

— Vous êtes parfaitement au courant de mes motifs.

— Vous auriez pu envoyer quelqu'un d'autre. Après tout, il s'agissait simplement d'un prêt.

— Vous savez bien que non. Et Impalavlei n'a jamais été *simplement* une affaire.

Sa voix avait changé, devenant plus douce.

— Impalavlei a été mon foyer, dans le temps, Jenny. J'ai toujours eu le désir d'y retourner.

— Mais ce n'est plus votre foyer, remarqua-t-elle d'un ton incertain.

— Cela pourrait l'être. Du moins pendant une partie de l'année.

Il la contempla.

— Nous ne nous accordons pas sur ce qui convient à Impalavlei. Mais nous avons un point commun : pour nous, c'est un lieu bien spécial.

Jenny avait envie de le croire... Oh, Dieu, comme elle en avait envie ! Surtout en cet instant, où la lumière des bougies adoucissait les traits de son visage, où sa voix prenait une intonation chaude. Elle se rappela son expression du premier jour, quand il lui avait demandé d'arrêter la voiture au sommet d'une crête pour observer la brousse. C'était un moment qui l'avait profondément émue. Jenny l'était de nouveau.

Elle mourait d'envie de le croire, de lui faire confiance. Mais, avant de lui accorder cette confiance, Jenny devait savoir certaines choses.

— Pourquoi voulez-vous transformer la réserve ? questionna-t-elle.

Il garda longuement le silence, avant de lui répondre. Quand il reprit la parole, ce fut d'un ton méditatif, mesuré, avec une nuance de cette moquerie qu'elle détestait. Il lui vint à l'esprit que, pour la première fois, ils abordaient le sujet raisonnablement, avec calme.

— Impalavlei a besoin de changement, déclara enfin Joshua. Votre père connaissait son affaire, Jenny, mais il n'a pas su marcher avec son temps.

Ses yeux pétillèrent.

— Allez-vous vous fâcher, si je vous dis que Tom était aussi obstiné que sa fille ?

La veille au soir, encore, elle se serait aussitôt mise en colère. Jenny, maintenant, ne réagissait pas. Peut-être une partie d'elle-même comprenait-elle qu'il serait absurde de gâcher une si belle soirée.

Elle laissa passer la remarque.

— Vous aviez raison, à propos de l'eau, convint-elle. Mais pour le reste, Joshua ? Cet après-midi, je me suis laissé emporter par mon enthousiasme pour les tissus, les couleurs. Mais tout cela est-il bien nécessaire ? Pourquoi faut-il moderniser ?

Il répondit du même ton mesuré.

— Parce que, dans le cas contraire, Impalavlei continuera doucement, jusqu'au moment où il tombera complètement en ruine.

Il regarda la jeune fille bien en face.

— Depuis combien d'années, à votre avis, la réserve a-t-elle marché assez bien pour arriver à compenser les frais ?

Le sous-entendu était clair. Sans son prêt — et c'était un prêt à fonds perdus, Jenny le comprenait maintenant —, Tom Malloy aurait depuis longtemps perdu Impalavlei.

Une autre idée lui vint à l'esprit.

— Vous avez parlé d'Impalavlei comme d'un foyer pour vous, reprit-elle. Dans ce cas, doit-il rapporter ?

— Oui, déclara-t-il tranquillement. Pour conserver mon amour et mon respect, le parc doit être rentable. C'est la nature de la vie, Jenny, que vous le vouliez ou non.

Désarmée, elle baissa les yeux. Jenny se savait incapable de remettre cette affirmation en cause.

— Mais toutes ces modernisations, faut-il vraiment y procéder ? ajouta-t-elle.

— Je le crois, oui, si nous devons attirer plus de touristes. Mais n'assimilez pas cela à une transformation du caractère essentiel d'un endroit qui nous est si cher à l'un et à l'autre.

Jenny n'eut pas le temps de trouver une réplique : il prit sa main et se leva.

— Dansons.

La piste était petite, éclairée seulement par les bougies des tables avoisinantes. Dans les bras de Joshua, Jenny fut submergée par les souvenirs de la veille au soir. Près du muret de pierre, il avait couvert son visage de baisers exigeants, possessifs, qui l'avaient fait vibrer. Elle se rappelait son propre abandon, son brûlant désir.

Ce soir, tout était différent. En apparence, l'atmosphère était plus civilisée : deux êtres dansaient, parmi d'autres couples.

Pourtant, en un sens, rien n'était changé. Joshua était tout près d'elle, l'enivrant de sa présence et les mêmes sensations folles l'étreignaient.

Comme s'il comprenait ses réactions — comme s'il en éprouvait de semblables, Joshua l'attira plus près encore. Leurs deux corps étaient à l'unisson. Il déplaça ses mains, les posa sur la peau nue. Ses lèvres frôlaient les cheveux de la jeune fille. Avec un petit frisson, elle laissa aller sa tête au creux de son épaule.

La musique était lente, langoureuse et s'accordait à merveille avec le tumulte de ses sens. Enlacés, ils évoluaient avec le même ensemble dans un parfait accord. Toute notion de temps avait disparu pour eux. Elle était prise de vertige, et ses jambes la soutenaient avec peine.

Jenny savait vaguement pourquoi elle s'était refusée à discuter avec Joshua. Elle éprouvait le besoin d'être en harmonie avec lui, d'être blottie contre lui. Ce besoin, elle le redoutait, le méprisait : il la privait de tout contrôle sur ses émotions. Mais ce besoin était pour elle essentiel, comme la respiration même.

L'orchestre fit une pause. Joshua enlaça la taille de Jenny.

— Vous vous amusez ? l'entendit-elle demander.

Elle rejeta la tête en arrière pour le regarder. Il était beaucoup plus grand qu'elle ; elle ne voyait pas ses yeux. Mais, au ton de sa voix, Jenny savait qu'il souriait.

— Beaucoup, fit-elle avec chaleur.

— Alors, nous sommes amis ?

« Oh oui », allait-elle répondre, « nous sommes amis, du moins pour le moment ». Jenny essaya de faire taire la perfide petite voix intérieure qui demandait davantage.

Elle était sur le point de parler lorsque, sans raison, elle jeta un coup d'œil autour d'elle et se raidit. A quelques pas, Bruce la dévisageait d'un air horrifié. Il serrait dans ses bras une blonde voluptueuse, ses doigts étaient glissés sous le profond décolleté du dos. La fille le tenait par le cou. Ils semblaient vraiment très intimes.

Au bout d'un long moment, la jeune fille vit le visage de Bruce se décomposer. Une série d'émotions se succédèrent sur ses traits : la gêne, la honte, la colère, une supplique.

Elle le toisait comme s'il s'était agi d'un inconnu. S'il sollicitait son pardon, Jenny serait incapable de le lui accorder. Pas tout de suite. Le souvenir de leur dernière soirée était soudain trop vivace.

L'orchestre vint à son secours en entamant une autre mélodie très lente. Délibérément, Jenny détourna son attention de Bruce. Joshua resserra son étreinte et elle noua ses bras autour de son cou, reposa sa tête contre son épaule.

Sa réaction avait été instinctive. Jenny avait voulu prouver quelque chose à Bruce... son indépendance, sa totale indifférence à la manière dont il l'avait traitée. Elle voulait ainsi dissimuler sa souffrance, mais son geste eut des conséquences inattendues.

Joshua l'attira contre lui plus étroitement encore. Elle sentait le cœur de Joshua battre fortement, régulièrement, et sa proximité l'enivrait. La caresse de ses doigts, sur la peau nue de son dos, l'affolait. Ses jambes, qui frôlaient avec une lenteur sensuelle celles de la jeune fille, la soumettaient à une torture raffinée.

Jenny oublia Bruce. Seul existait Joshua, et ce désir douloureux qu'elle n'avait jamais ressenti. Elle souhaitait ne jamais voir s'achever ce moment. Jenny avait cruellement conscience que son corps réclamait autre chose que des baisers, une danse.

Quand la musique se tut de nouveau, l'orchestre annonça un entracte. Joshua laissa son bras autour des épaules de Jenny. Elle était heureuse d'avoir son support. Se doutait-il de l'effet que cette danse avait eu sur Jenny ?

Ils allaient se rasseoir, quand une voix, derrière eux, lança :

— Jenny...

Elle se retourna. Jenny se demandait comment elle avait pu oublier le long regard échangé avec son ancien fiancé.

— Tiens, Bruce ! fit-elle, le plus négligemment possible. Comment vas-tu ?

Il aurait été grossier de ne pas faire les présentations. En voyant Joshua, elle discerna dans ses yeux pénétrants la lueur sardonique qu'elle connaissait si bien à présent.

Mais elle dut de nouveau faire face à Bruce, pour écouter toute une série d'explications. Le reportage, semblait-il, s'était terminé prématurément. Il était revenu à Pretoria, n'y avait pas trouvé Jenny, n'avait pas su où reprendre contact avec elle. Ce qui était en fait, un mensonge. Il connaissait Daniel Bannister, son notaire, et Jenny lui avait appris qu'elle désirait se rendre à Impalavlei.

Jenny voulut l'interrompre, mais ses efforts furent inutiles. Il ne s'en rendait pas compte, mais tout son discours embarrassé était pénible pour la jeune fille. Elle aurait même préféré qu'il ne s'excuse pas. Les relations humaines se terminaient-elles ainsi? se demanda-t-elle. Une part de son esprit lui semblait détachée, dépouillée de toute illusion. Mais Jenny gardait conscience de la présence de Joshua qui se tenait un peu à l'écart, silencieux, sur le qui-vive, attentif à tout ce qui se disait.

Bruce finit par prendre congé. Il ne pouvait laisser sa compagne trop longtemps seule, expliqua-t-il. Il avait déjà précisé qu'il la connaissait à peine. Bruce annonça à Jenny en la quittant qu'il reprendrait contact, et Jenny, avec un sourire éclatant, répondit qu'elle en serait enchantée.

Pendant qu'elle dansait avec Joshua, le dessert avait été servi : un gâteau aux framboises, couronné de crème Chantilly. En prenant sa cuiller, Jenny jeta un coup d'œil au visage de son compagnon. Il était figé, délibérément inexpressif. Les yeux étaient impénétrables sous les paupières mi-closes. Tout son appétit avait disparu et elle mangea à peine. Sans raison précise, l'attitude de Joshua la bouleversait étrangement, alors que les excuses maladroites de Bruce l'avaient laissée indifférente.

Avec soulagement, elle entendit l'orchestre se remettre à jouer. Ils regagnèrent la piste de danse, et

Jenny se blottit contre son compagnon. Il plaça une main au creux de sa taille, de l'autre il saisit ses doigts. Il n'y avait plus trace en lui de cette passion contenue qu'elle avait perçue auparavant.

Etonnée, elle leva la tête pour l'observer et s'aperçut à sa grande surprise qu'il la fixait intensément. Il avait prévu sa réaction, et son léger sourire trahissait son amusement.

— Déçue ? fit-il de son ton traînant.

Jenny fit mine de ne pas comprendre.

— J'ignore de quoi vous parlez.

— Allons donc !

La voix nonchalante était infiniment inquiétante.

— Vous escomptiez que je me comporte comme tout à l'heure. Désolé, ma douce, mais, si vous voulez rendre jaloux votre futur mari, vous jouerez sans moi à ce petit jeu.

Jenny avait la gorge serrée. L'infidélité de Bruce avait été pour elle une humiliation. Le flagrant mépris de Joshua la blessait de façon plus cruelle encore.

Tout en dansant, elle tentait d'analyser ses sentiments. Selon Joshua, elle avait cherché à provoquer Bruce. Il avait en partie raison, mais elle n'avait aucun moyen de lui expliquer que cette impulsion avait duré quelques secondes seulement. Quand elle s'était retrouvée près de Joshua, Bruce avait cessé d'exister pour elle. Elle avait seulement réagi par fierté. De tout son être, elle appartenait à Joshua, et avec une violence qu'il serait difficile d'exprimer.

Bruce ne représentait plus rien pour elle, cette dernière confrontation lui en avait donné la preuve. En un certain sens, elle s'en doutait déjà depuis quelque temps. Bruce occupait de moins en moins ses pensées depuis son arrivée à Impalavlei. Avait-elle jamais ressenti pour son fiancé autre chose qu'une profonde affection ? Si Jenny avait véritablement été éprise de lui, elle aurait éprouvé plus qu'une contrariété, une blessure d'orgueil, en le voyant révélé sous son vrai jour.

Si seulement elle savait où elle en était avec Joshua ! Elle avait connu, au cours des derniers jours, une révélation puissante, dévastatrice et, en même temps, merveilleuse. Etait-elle tombée amoureuse ? Etait-ce possible ? Jenny espérait ardemment le contraire. Aimer Joshua serait bien différent de l'amour qu'elle avait cru éprouver pour Bruce. Cette passion subsisterait, quand Joshua lui-même serait sorti depuis longtemps de sa vie.

Et il en disparaîtrait certainement. Il avait l'intention de passer un certain temps à Impalavlei. Néanmoins, il n'avait pas prononcé le mot « toujours ». Joshua avait des intérêts en Amérique. Impalavlei représentait simplement l'une de ses nombreuses entreprises. Il avait beau avoir de l'affection pour le domaine, le considérer un peu comme son foyer, un jour viendrait où il en aurait assez, où d'autres affaires plus importantes le rappelleraient vers la métropole.

Il resterait peut-être à Impalavlei jusqu'au moment où sa présence ne serait plus indispensable. Une fois la rénovation achevée, il passerait à autre chose. Et tous les travaux étaient maintenant, soit en cours, soit prévus.

Jenny ne devait pas se laisser aller à aimer Joshua. Ce serait le meilleur moyen pour être malheureuse plus tard. Pourtant, consumée par le désir de se sentir de nouveau serrée contre lui, Jenny se demanda s'il n'était pas déjà trop tard.

Elle fut soulagée quand il réclama l'addition. L'atmosphère amicale et détendue du début avait disparu. Peut-être, comme elle, avait-il hâte d'en finir.

Devant la porte de sa chambre, elle inséra la clé dans la serrure et lança calmement :

— Merci pour cette bonne soirée, Joshua.

— Sans doute devrais-je répondre : « Tout le plaisir était pour moi » ? répliqua-t-il d'un ton moqueur.

Sa main se referma sur celle de la jeune fille et tourna la clé.

— Mais il se trouve que la soirée n'est pas terminée.

Habilement, sans lui laisser le temps de protester, il ouvrit et la poussa à l'intérieur de la chambre. Elle mit une seconde à comprendre qu'il l'avait suivie et refermait la porte derrière lui.

— Sortez ! ordonna-t-elle, furieuse.

— Quand j'y serai disposé.

— Tout de suite !

Elle voulut échapper aux mains qui se tendaient vers elle, mais il fut trop prompt. Il l'attira vers lui. Déjà, la faiblesse envahissait la jeune fille.

— Non, Joshua...

— Oui, Jenny.

— Quand nous dansions... après le départ de Bruce...

Il lui était de plus en plus difficile de parler, sa gorge était sèche. Par ailleurs, elle ne savait pas trop par où commencer.

— J'ai refusé de vous serrer contre moi.

Il s'exprimait d'un ton calme, précis, mais la voix, tout contre l'oreille de Jenny, était d'une troublante séduction.

— Alors, pourquoi... pourquoi maintenant ?

Pour toute réponse, il resserra son étreinte et effleura ses cheveux de ses lèvres. Jenny laissa échapper un petit cri étouffé.

— Joshua... murmura-t-elle, tremblante.

Jenny était, ce soir-là, particulièrement vulnérable, et la caresse inattendue l'avait ébranlée tout entière. Le son du rire de Joshua, bas, assourdi, accrut encore le désir qui brûlait en elle depuis le moment où ils étaient allés ensemble sur la piste de danse. Mais, en même temps, il lui fallait savoir la raison de son attitude.

— Je ne fais jamais rien sur commande, déclarat-il en l'écartant un peu de lui pour la dévisager. Et c'est ce qui s'est produit ce soir, n'est-ce pas, Jenny ? Vous vouliez vexer votre fiancé — un désir bien compréhensible —, et je me trouvais là fort à propos.

Jenny se rappelait l'intimité de leur première danse, avant l'intrusion de Bruce. Mais il était inutile de vouloir discuter. Joshua ne pouvait savoir quand elle avait aperçu son fiancé. Peut-être ne la croirait-il pas.

D'un air de défi, elle demanda :

— Alors, quand donc agissez-vous impulsivement ?

Une lueur brilla dans ses yeux d'un gris sombre. La provocation ne lui avait pas échapppé. Jenny retint son souffle.

— Quand l'envie m'en prend, fit-il d'une voix sourde et nonchalante.

Lentement, il se mit à caresser son visage, son cou, sa gorge. La jeune fille, pétrifiée, était incapable de bouger.

— Quand je suis avec une femme très jolie. Et très sensuelle.

Il s'attardait aux endroits les plus sensibles.

— Et, parfois, quand on m'y invite, souffla-t-il.

Tout à coup, ses doigts souples glissèrent au-dessus du profond décolleté de la robe de mousseline. Jenny l'entendit ajouter :

— Comme j'y suis invité, en ce moment.

Jenny ne répondit pas, n'essaya même pas de le faire. Même si elle en avait eu la force, elle n'aurait rien trouvé à dire. Les réactions de son corps l'auraient trahie.

Brusquement, il la serra de nouveau contre lui. Il la

soutenait par les épaules, comme lorsqu'ils dansaient et passa l'autre bras sous sa nuque pour la renverser en arrière. Ses lèvres jouèrent sur celles de la jeune fille, d'abord doucement, puis avec une passion croissante. Il voulait la forcer à répondre, se dit-elle. Mais, encore cruellement blessée par sa réaction sur la piste de danse, elle demeurait obstinément insensible.

Il releva la tête.

— Embrassez-moi.

— Non...

Sa voix était à peine un murmure.

— Si, insista-t-il. Vous en mourez d'envie, je le vois bien.

Il la reprit contre lui. Cette fois, il caressa son visage, ses joues, sa gorge, brisant peu à peu la résistance de Jenny. La jeune fille capitula et, instinctivement, se blottit contre lui. Quand les lèvres de Joshua s'emparèrent à nouveau des siennes, elle s'abandonna de tout son être, avec ardeur.

Jenny sentit les doigts de son compagnon glisser sur sa robe et, même lorsqu'il fit descendre la fermeture à glissière, elle ne comprit pas tout de suite. Joshua l'écarta juste le temps d'ôter le vêtement de ses épaules, d'un mouvement doux et rapide. Elle se retrouva entre ses bras. La chemise de son compagnon était déboutonnée. L'avait-elle ouverte elle-même ? Jenny n'en avait pas le souvenir. Mais elle désirait prolonger le plus possible le contact du corps musclé contre le sien, comme si elle en tirait un réconfort immense.

Il la souleva et la porta jusqu'au lit. Elle ouvrit les yeux, le contempla. Joshua dévorait du regard la taille fine, le ventre plat, la courbe tendre des hanches ; puis ses yeux s'attardèrent vers les seins, le visage, vers les prunelles violettes embrumées de passion. Jenny, pendant ce temps, revenait lentement à elle.

Jenny venait soudain de prendre conscience de sa nudité. Joshua lui-même commençait à se dévêtir.

Ils se contemplèrent un long moment. Jenny, la gorge serrée, était incapable d'articuler une parole. Tout son corps flambait d'une passion qui la poussait à aller plus loin. Un reste de bon sens, pourtant, lui était revenu. Joshua retira sa chemise. Jenny désirait son amour plus que tout au monde, mais elle n'était pas prête à lui appartenir, elle le savait aussi.

Jenny n'avait jamais pensé se livrer à un homme qui ne serait pas son mari. A moins de l'aimer passionnément. Joshua n'était pas son mari, il ne le serait jamais. Alors, pourquoi ce besoin intense qui grandissait sans cesse en elle ? Au cabaret, Jenny avait décidé de ne pas tomber amoureuse de lui mais elle s'était aussi demandé si elle pouvait encore s'en empêcher.

Si elle lui cédait maintenant, elle lui appartiendrait corps et âme, pour la vie. Le souvenir de cette nuit la hanterait éternellement. A son désir se mêlait de la crainte.

Elle allait parler, mais Joshua vint s'asseoir sur le lit. Il se pencha vers elle, et Jenny déchiffra dans ses yeux une expression qu'elle n'avait jamais espéré y lire, une sorte de respect, d'admiration. La jeune fille était pétrifiée.

— Joshua...

Insensible à la supplique contenue dans sa voix, il murmura :

— Dieu, que tu es belle !

— Joshua... répéta-t-elle.

Mais les lèvres de Joshua exploraient maintenant tout son corps. Instinctivement, elle enfonça ses doigts dans l'épaisse chevelure sombre.

Comme si ce geste était l'étincelle qui allumait un feu en lui, il poussa un gémissement et se redressa.

— Je te désire, Jenny, dit-il d'une voix entre-coupée.

Jenny ouvrit ses grands yeux violets et battit des cils. La vision de la jeune fille s'éclaircit ; elle vit Joshua déboucler sa ceinture. Dans un instant, il serait trop tard. Peut-être même avait-elle déjà trop attendu.

— Non, Joshua !

Elle se souleva sur les coudes.

— Je... je ne veux pas !

— Tu as peur, fit-il d'un ton apaisant.

Oui, elle avait peur. Pas de l'acte lui-même mais de ses conséquences. Peur de vivre toute sa vie avec le souvenir d'une inoubliable expérience, sans l'espoir de pouvoir jamais la connaître à nouveau.

— Je serai très doux, reprit-il.

Elle secoua la tête.

— Ce n'est pas ça...

Il la dévisageait, les yeux sombres, les lèvres serrées.

— Ne me dis pas que tu penses à Bruce.

C'était sa seule chance ; elle devait la saisir. Si elle confiait à Joshua la véritable raison de ses craintes, il s'arrangerait pour la convaincre qu'elles étaient sans fondement.

— Oui.

Elle baissa les paupières pour cacher son désarroi.

— Après l'avoir revu ce soir..., commença-t-elle.

— Il était avec une autre femme, trancha Joshua.

— Ça... ça ne change rien à mes sentiments.

Elle se mordit les lèvres.

— Je n'espère pas vous faire comprendre...

— En effet, je n'y comprends vraiment rien !

Il était furieux.

— Pourquoi diable m'avoir provoqué, si vous n'aviez pas l'intention d'aller jusqu'au bout ?

— Je vous ai bien dit que vous ne comprendriez pas, hasarda-t-elle timidement.

Il était en train de remettre sa chemise. A ces mots, il se retourna.

— Vous mentez Jenny, mais votre corps, lui, vous trahit. Après ce soir, je ne chercherai plus jamais à savoir ce qui se passe dans votre esprit, je n'en aurai plus envie.

Elle n'eut pas le temps de riposter : il avait déjà disparu. De toute manière, elle ne lui aurait pas répondu.

Jenny entendit claquer violemment la porte de la chambre voisine. Alors, elle enfouit sa tête dans l'oreiller et pleura à chaudes larmes, déversant son chagrin, son humiliation, son désespoir.

Les semaines suivantes, Jenny fut heureuse d'avoir de quoi s'occuper. Dans les étroites limites du camp, il était presque impossible d'éviter complètement Joshua, mais leurs rencontres étaient rares.

Il prenait désormais ses repas chez lui. Jamais il ne suggérait à la jeune fille de les partager, et, de son côté, elle ne l'invitait plus. Pour le reste, les besoins d'Impalavlei monopolisaient toutes leurs forces.

Le soir, parfois, quand l'obscurité recouvrait la terre, quand le silence était seulement rompu de temps à autre par les cris des animaux, Jenny se demandait ce que faisait Joshua. A ces moments-là, elle avait peine à ne pas songer à lui. Elle avait une conscience aiguë de sa présence, à quelques mètres d'elle, et elle se rappelait leur bref séjour à Pretoria. En dépit de tous ses efforts, elle ne parvenait pas à chasser ces souvenirs : leur intimité durant le dîner, l'émotion ressentie sous ses caresses et son propre abandon. Finalement, la colère de Joshua, une colère qui, le matin venu, s'était changée en une glaciale indifférence.

Cette indifférence persistait, semblait-il. Jamais il ne recherchait sa compagnie. Toute conversation entre eux avait strictement trait à Impalavlei ; il était question, d'ordinaire, des aménagements en cours.

Ces aménagements prenaient forme avec une rapidité stupéfiante. Les forages étaient presque achevés ; ils allaient bientôt tenter de faire revenir les animaux sur leur territoire d'origine. Joshua s'entretenait souvent de longues heures avec de vieux gardes qui pouvaient le faire bénéficier de leurs connaissances et de leur expérience.

La route qui menait du camp aux portes d'Impalavlei avait été goudronnée. Les autres le seraient peu à peu, elles aussi. Jenny avait cru que cette transformation gâterait l'atmosphère de la réserve, mais, après avoir emprunté le chemin, elle n'en était plus aussi sûre. Quand elle s'arrêtait pour observer une bête sauvage, elle n'avait plus besoin d'attendre que la poussière fût retombée. Oui, les modifications étaient sans doute bénéfiques, mais elle se garda de l'avouer à Joshua. D'une part, il lui témoignait trop de froideur ; d'autre part, son arrogance était telle qu'il n'avait pas besoin de compliments de la part des autres.

Il y avait partout des ouvriers. L'aspect extérieur du bâtiment principal était différent, lui aussi. Une baie immense occupait toute la longueur d'un mur, dans le salon, et donnait une vue panoramique sur la rivière et la brousse.

On construisait dans le parc, à une courte distance du camp, une plate-forme d'observation dans les branches d'un arbre énorme. Jenny avait accusé Joshua d'avoir pris cette idée à une célèbre réserve du Kenya, et il n'avait pas nié. L'endroit choisi était idéal. Les visiteurs pourraient s'installer sur la plate-forme et observer des animaux qu'ils n'auraient pas vus de leurs voitures.

De temps à autre, Jenny se rappelait sa décision de livrer bataille contre Joshua. Mais elle devait le reconnaître avec une certaine ironie : ses décisions avaient été prises en un temps où elle ignorait la force de son adversaire. Joshua n'était pas facile à combattre. Il savait ce qu'il voulait et comment arriver à ses fins. De plus, il possédait tout l'argent nécessaire pour le financement. Et, surtout, il ne paraissait pas lui venir à l'esprit qu'on pût se méprendre sur ses mobiles.

Solitaire avec ses pensées, Jenny s'avouait encore une autre raison pour laquelle elle n'avait pas lutté. Peut-être avait-il tort, mais elle n'en était plus véritablement convaincue. Jenny ne s'était pas rendu compte de ce qui lui arrivait, mais il avait dû parvenir à la faire changer d'avis.

Dès le début, elle s'était mise à la place de son père : les changements apportés par Joshua à Impalavlei lui auraient fait horreur. A présent, elle en doutait. Certes, Tom Malloy avait vécu selon un idéal mais il avait été aussi doté d'un certain réalisme. En voyant la réserve telle qu'elle était désormais, son cadre mis en valeur, son âme intacte, il aurait été heureux.

Au début, elle était persuadée qu'aux yeux de Joshua, Impalavlei représentait simplement un placement. Mais il lui avait expliqué que, pour lui, c'était son foyer, et elle commençait à le croire. En effet, malgré sa répugnance à l'admettre, la jeune fille devait bien le reconnaître : les transformations avaient peut-être été faites pour le bien d'Impalavlei. En tout cas, elles étaient d'un goût parfait. Le caractère essentiel, l'atmosphère du parc avaient été préservés.

Jenny avait eu pour tâche de tout redécorer. Le bureau d'accueil avait été entièrement rénové, la

110

beauté s'alliait au fonctionnel. Le salon était presque prêt. Là, la jeune fille avait laissé libre cours à son imagination. Quand elle jugeait son travail, elle ne pouvait se défendre d'un sentiment de fierté. Elle avait tiré parti de la luminosité nouvelle apportée par la vaste baie, et aussi de l'argent mis à sa disposition par Joshua. Peut-être n'avait-il pas pour elle une grande sympathie ; du moins semblait-il respecter son jugement.

L'ancienne salle, avec son ameublement défraîchi, avait été confortable mais un peu sombre. La pièce rénovée avait conservé tout son confort. Elle était moderne, attirante, mais on ne sentait aucun artifice dans son aménagement rustique. Jenny était certaine d'avoir réussi là l'une de ses meilleures réalisations.

Elle mettait maintenant la dernière touche à l'une des cases. Dans un endroit du monde où il faisait presque toujours chaud, elle avait recherché un effet de fraîcheur. Des rideaux de mousseline turquoise s'harmonisaient subtilement avec le ton plus sombre des dessus-de-lit. Sur le sol dallé de pierre, une natte tressée était douce aux pieds nus ; des touches de jaune apportaient une note qui contrastait. Aux murs, un groupe de gravures représentaient des animaux ; les dessins étaient habilement exécutés, avec des touches fluides qui les rendaient originaux.

Un pensionnaire serait-il heureux dans ce cadre ? se demanda Jenny. Elle s'assit devant la coiffeuse. Le menton entre les mains, elle contempla son image dans la glace. Jenny était heureuse des résultats obtenus. Mais que ferait-elle quand serait terminé son rôle dans la rénovation d'Impalavlei ?

Sans raison valable, elle songea à Joshua. Mais avait-elle vraiment besoin d'une raison quelconque pour penser à lui ? Elle avait beau essayer de se concentrer sur son travail, Joshua Adams la hantait toujours.

Elle entendit la porte de la case s'ouvrir. Il était inutile de se retourner : elle savait qui venait d'entrer. Il aurait pu s'agir d'un membre du personnel, mais tous ses sens étaient en alerte quand Joshua arrivait. Lui seul parvenait à la plonger dans le désarroi le plus total.

Elle demeura assise devant la coiffeuse mais laissa retomber ses mains et se redressa. Jenny l'entendit d'abord s'immobiliser sur le seuil. Le bruit de ses pas l'avertit ensuite de son approche. Il n'avait pas dit un mot. Jenny non plus.

Le visage de Joshua apparut dans la glace. Durant ce qui parut une éternité à la jeune fille, ils se contemplèrent intensément. Les yeux de Jenny étaient agrandis par la peur. Joshua en revanche, semblait amusé. Mais elle perçut dans ses prunelles sombres une lueur qui fit battre son cœur plus vite !

Jenny ne pourrait endurer plus longtemps cette attente. A ce moment, il parla.

— Bonjour, Jenny.

— Bonjour.

Il était tout près d'elle. Sa proximité provoquait des réactions instantanées chez elle. La soirée à Pretoria lui revint en mémoire et une vague de souvenirs troublants la submergea.

Elle devait à tout prix alléger cette tension.

— Vous… vous vouliez quelque chose ?

— Oui.

Le regard de Joshua s'attarda sur le délicat visage, envahi par une légère rougeur, puis s'attarda sur les courbes gracieuses de son buste.

D'une voix traînante, où elle n'eut aucune peine à discerner les sous-entendus, il déclara :

— Entre autres choses, je voulais vous féliciter.

— Cela vous plaît ?

Dans un mouvement spontané, elle se retourna d'un bloc, pour le découvrir encore plus proche qu'elle ne l'avait cru. Confuse, elle se détourna.

— Oui, certainement.

Il posa ses mains sur ses épaules. Elle sentait la chaleur de ses doigts à travers le fin tissu.

— Mais je m'y attendais, ajouta-t-il.

— Tant mieux.

— Les couleurs sont parfaitement choisies. Du turquoise dans cette case, du bleu et du citron dans les autres.

Il s'était rapproché d'un pas :

— Il en va de même pour le bureau, poursuivit-il.

Lentement, il se mit à effleurer le cou de Jenny en un lent mouvement sensuel.

— Il donne une excellente première impression.

Ses propos n'auraient pu être plus banals. Les collègues de Jenny avaient l'habitude de ce genre de déclarations. Mais aucun entretien professionnel n'avait jamais été conduit avec une telle sensualité, se dit-elle, affolée.

Et ils n'avaient jamais produit en elle semblable réaction. Inutile de vouloir nier le plaisir qu'elle ressentait. Les caresses de Joshua lui avaient manqué. Elle n'avait pas compris à quel point avant ce moment précis.

— Si vous êtes content, j'en suis heureuse.

Dans un effort pour dissimuler le tumulte qui faisait rage en elle, elle parlait d'une voix assourdie.

— D'autres choses me plaisent aussi. Et je pourrais en dire autant de vous, je crois.

Ses doigts glissèrent sous le tissu du chemisier.

Jenny se prit à trembler mais, en quelques secondes, elle parvint à se maîtriser. Pourtant, à l'expression des yeux gris dans la glace, elle sut que Joshua l'avait perçu.

— Que voulez-vous dire ? murmura-t-elle.

Pour toute réponse, il se pencha sur elle et l'enlaça dans ses bras. Sous cette étreinte, elle se renversa légèrement en arrière, et, aussitôt, les lèvres de Joshua se trouvèrent toutes proches des siennes.

— Voilà ce que je veux dire, souffla-t-il.

Jenny était sans force et elle s'abandonna à son baiser. Instinctivement, elle noua ses bras autour de son cou, effleurant la chevelure noire. La jeune fille avait si longtemps attendu cet instant !

Il releva enfin la tête pour reprendre haleine.

— Levez-vous, ordonna-t-il, en la retournant vers lui.

Elle obéit et se blottit contre lui.

— Dites-le, exigea-t-il d'une voix rauque.

— Mais quoi ?

— Que je ne vous suis pas indifférent.

Sa bouche était tout contre celle de Jenny.

— Oui, je l'avoue !

Il la serra contre lui si fort que Jenny avait du mal à respirer.

— Alors, pourquoi diable m'évitez-vous ? demanda-t-il.

Il rejeta la tête en arrière pour la fixer intensément.

— Vous n'êtes pas vraiment éprise de Bruce, n'est-ce pas ?

Comment aurait-elle pu l'être ? Il lui était impossible d'être amoureuse de deux hommes à la fois. Cette pensée silencieuse la fit se raidir. Jusqu'à ce moment, elle n'avait jamais voulu s'avouer ce qu'elle ressentait pour Joshua.

— Dites-le, Jenny. Bruce n'a jamais su éveiller en vous ces réactions.

Les yeux violets levés vers lui étaient troublés. Pour

114

Joshua, ce n'était rien d'autre : une attirance physique. Certes, il la désirait, comme elle le désirait elle-même. Mais, lui, il recherchait simplement la satisfaction d'un besoin physique. Pour Jenny, ce besoin aigu s'entendait à tous les domaines : physique, certainement, mais spirituel aussi. Elle aimait Joshua, c'était une certitude désormais, et cet amour fou entraînait l'intimité et l'affection entre deux êtres, le plaisir de vieillir ensemble, tout autant que la fusion magique et exaltante de deux corps.

— Jenny ?

— C'est vrai, acquiesça-t-elle d'une voix tremblante. Il n'a jamais su.

— Et vous ne lui avez jamais appartenu ?

Elle soutint son regard sans ciller.

— Je n'ai jamais appartenu à aucun homme.

— Vous serez à moi.

Il s'exprimait d'une voix douce mais ferme. Les mots étaient l'énoncé d'un fait, pas une question.

— Vous le savez, n'est-ce pas, Jenny ?

Si son esprit l'ignorait encore, son corps, lui, en était assurément conscient. Si Joshua la pressait en cet instant de s'abandonner, elle n'aurait plus la force de lui résister. Son cœur le lui disait : elle n'avait pas envie de se défendre contre lui ; elle capitulerait avec joie. Seul, un dernier vestige de raison lui dictait de mettre fin à cette folie pendant qu'il en était encore temps.

Déjà, Joshua s'activait sur les boutons de son chemisier. Elle dut faire un terrible effort pour ne pas toucher son torse musclé de ses doigts tremblants.

Avec un reste de force, elle le repoussa.

— On risque de nous voir !

— Nous fermerons la porte à clé.

— Anna sait où je suis.

Mais il l'attirait contre lui.

— Pour l'amour du Ciel, protesta-t-elle, nous sommes au beau milieu de la matinée ! N'importe qui peut venir à ma recherche.

Il la retint un instant encore. Elle l'entendit rire, de ce rire sensuel qui la désarmait complètement.

— Vous êtes une peureuse, Jenny Malloy, murmura-t-il en la libérant. Je vous tiens quitte pour l'instant. Mais, la prochaine fois, je n'en resterai pas là.

Il se dirigeait déjà vers le seuil quand il s'immobilisa.

— Vous m'avez fait oublier ce que j'étais venu vous dire.

— Vous étiez satisfait des cases, parvint-elle à articuler.

— Ah, oui ! Le reste coule de source. Vendredi, nous aurons de la visite.

Elle le contempla attentivement. Ces quelques dernières secondes lui avaient permis de reprendre un peu de son sang-froid.

— Un nouveau client ?

— Elle arrive par avion des Etats-Unis.

Une immense peur s'abattit sur Jenny.

— Une... une amie à vous ?

— Oui, Maybelle est une amie. Je tiens à ce qu'Impalavlei lui fasse bonne impression.

— Nous ferons de notre mieux, répondit Jenny d'une voix neutre.

Il sortit. Elle le regarda passer devant la fenêtre, s'engager dans l'allée qui conduisait au bâtiment principal. Il était grand, souple, vigoureux, suprêmement sûr de lui. Il sifflotait, comme s'il ne s'était rien passé d'important.

Joshua avait pris plaisir à leur tête-à-tête, mais il avait cessé d'exister pour lui dès le moment où il s'était achevé. Déjà, il pensait à autre chose. A sa prochaine entreprise, peut-être. Ou bien à Maybelle, cette amie qui faisait par avion tout le chemin depuis l'Amérique jusqu'à l'Afrique du Sud, pour passer seulement quelques jours à Impalavlei.

Prise de malaise, Jenny revint à la coiffeuse et s'assit. Quand elle leva les yeux, la jeune fille se retrouva devant la glace. Elle avait du mal à reconnaître l'image qui lui faisait face. Ses lèvres tendres étaient meurtries par les baisers, ses joues trop colorées, ses yeux hantés de souvenirs, ses cheveux emmêlés.

Son chemisier était défait : Joshua en avait habilement déboutonné les boutons. En s'observant plus attentivement, Jenny eut l'impression d'être différente tout à coup. Elle découvrait une sensualité nouvelle, un épanouissement qu'elle ne possédait pas auparavant.

Elle donna un coup de poing rageur sur la table, avant de remettre de l'ordre dans sa tenue. Elle entra ensuite dans la salle de bains et s'aspergea le visage d'eau froide. Jenny devait recouvrer un peu de sang-froid avant de sortir dans l'enceinte du camp.

Mais comme il était difficile de calmer son esprit en émoi ! Si Joshua s'était montré un peu plus persuasif, elle lui aurait cédé. Et Jenny aurait ensuite été plus malheureuse encore qu'elle ne l'était maintenant. Car cet acte aurait une signification bien plus profonde : Jenny lui aurait livré l'essence même de son être.

Si elle avait entendu parler de Maybelle un instant plus tard, Jenny aurait été perdue. Elle le savait aussi sûrement que si cela s'était produit.

8

Joshua alla lui-même chercher à la gare Maybelle Hunter. Au retour de la voiture, Jenny vit émerger du véhicule une longue jeune femme blonde élancée. Ses pires craintes se confirmaient : Maybelle était ravissante.

Même après des heures de voyage, elle demeurait impeccable. Ses cheveux dorés cascadaient sur ses épaules en vagues lisses et brillantes. Ses yeux, dans le visage au teint satiné, étaient d'un bleu profond. Son sourire éclatant faisait penser à celui d'un mannequin ou d'une vedette de cinéma.

Un bras passé sous celui de Joshua, elle regarda autour d'elle, et Jenny l'entendit s'écrier :

— C'est magnifique, mon chéri ! Une atmosphère saisissante... si primitive.

Maybelle avait une voix basse et un peu rauque. Une voix sensuelle, songea Jenny avec envie. Tout, en Maybelle, était parfait. Rien d'étonnant si Joshua avait tenu à lui procurer un cadre digne d'elle !

— Jenny ! appela Joshua. Venez faire la connaissance de Maybelle.

Miss Hunter la dévisagea avec attention puis tendit la main.

— Je suis heureuse de vous connaître, Jenny. Joshua m'a beaucoup parlé de vous.

— En bien seulement, j'espère.

Après avoir prononcé cette banalité, Jenny ne put s'empêcher d'ajouter :

— Je m'étonne qu'il en ait trouvé le temps, Miss Hunter.

Il y eut un bref silence. Jenny ne regardait pas Joshua. C'était inutile : il avait enregistré, elle en était sûre, la double allusion.

Maybelle rompit ce silence en disant :

— J'espère avoir apporté les vêtements qui conviennent.

Elle eut un geste pour désigner son ensemble-pantalon, superbement coupé dans le style tenue de safari.

— Qu'en pensez-vous ? Est-ce assez simple ?

— Parfaitement primitif, déclara Jenny avec une pointe d'ironie. L'avez-vous acheté dans la célèbre Cinquième Avenue de New York ?

Cette fois, la visiteuse ne fit aucun effort pour dissiper le malaise. Elle souriait toujours, mais ses yeux bleus avaient pris une expression glaciale : Maybelle s'était découvert une ennemie, là où elle ne pensait pas en trouver.

Malgré elle, la jeune fille jeta un coup d'œil vers Joshua. Il pinçait les lèvres ; il était manifestement furieux. S'il n'avait pas fait de commentaire, c'était certainement à cause de la présence de Maybelle. Il aurait sans doute aimé déverser sa colère sur Jenny.

Malgré un petit frisson d'inquiétude, cette dernière en conçut une intense satisfaction. D'un ton neutre, elle reprit :

— Vous devez avoir soif après cette longue randonnée, Miss Hunter. Si vous voulez bien m'excuser, je vais vous faire servir des sandwiches et une boisson fraîche.

Elle ajouta, avec un regard en biais :

— Joshua sera enchanté de vous conduire à votre appartement.

A la requête de celui-ci, on avait attribué à l'arrivante la case voisine de la sienne. Jenny en connaissait l'aménagement dans les moindres détails. C'était celui qu'elle préférait — du moins jusqu'à présent.

Vint l'heure du déjeuner. Maybelle ne devait rien avoir apporté ; elle déjeunait sans doute avec Joshua. Jenny ne les vit ni l'un ni l'autre. Elle décida de l'ignorer et elle chassa de son esprit l'idée d'une intimité d'où elle était exclue.

Un peu plus tard, elle vit la Land-Rover sortir du camp. Joshua était au volant, une tête blonde à côté de lui. Il ne servait à rien de prétendre l'indifférence, Jenny le comprit en regardant disparaître le véhicule. Elle tremblait de rage difficilement contenue.

Elle se rappelait le jour de l'arrivée de Joshua à Impalavlei, quand elle lui avait fait faire le tour du parc. Aujourd'hui, c'était lui qui conduisait Maybelle. Il semblait y avoir quelque part, dans cette situation, un conflit de loyautés, surtout après ce qui s'était si récemment passé entre eux deux. Avec colère, elle sécha une larme qui perlait à ses cils et souhaita pouvoir aussi aisément chasser cette impression d'être trahie.

Il faisait presque nuit quand la voiture revint. Anna vint apporter à Jenny une invitation de la part de Joshua : il la priait de se joindre à Maybelle et à lui pour le dîner. Elle eut envie d'accepter, mais lui fit dire qu'elle était fatiguée et avait l'intention de se coucher tôt.

De fait, Jenny avait la tête douloureuse. En temps normal, elle serait allée se promener un moment le long de la clôture du camp, pour profiter de la fraîcheur qui venait avec la nuit. Mais elle s'en abstint ce soir-là. Elle aurait presque certainement rencontré Joshua et Maybelle. Peut-être même les aurait-elle vus s'embrasser. La seule pensée d'une telle scène lui était odieuse. Le spectacle lui-même lui aurait été intolérable.

Elle tenta de lire mais y renonça vite en s'apercevant qu'elle n'avait pas enregistré un traître mot. Une seule solution lui restait : se mettre au lit. Dans sa chambre, la chaleur était suffocante. En se glissant entre les draps frais, elle connut quelques minutes de soulagement.

Elle sommeillait quand la porte s'ouvrit. Jenny se redressa d'un sursaut, le drap relevé jusqu'au menton. Comment avait-elle pu être assez imprudente pour ne pas fermer à clé ?

Joshua ! Même si elle n'avait pas reconnu la haute et mince silhouette, elle aurait su que c'était lui. Elle ralentit le plus possible son souffle et, renversée sur son oreiller, fit mine d'être plongée dans un profond sommeil.

En deux enjambées, il fut près du lit. Jamais elle n'avait été plus consciente de sa proximité.

Elle entrouvrit imperceptiblement les paupières. Il y avait tout juste assez de lumière dans la pièce pour distinguer la forme sombre. Elle ne voyait pas son visage mais imaginait son expression à la tension furieuse de son attitude. Il avait l'air aussi puissant, aussi dangereux qu'un animal de la jungle. Le souffle de Jenny se faisait court ; elle avait peine à maintenir une respiration calme et régulière.

— Assez joué la comédie, Jenny.

Jamais elle ne l'avait entendu parler aussi durement.

— Vous ne dormez pas.

121

Il y eut quelques secondes de silence. Elle sentait qu'il l'observait, Jenny ne se rappelait pas avoir jamais été aussi tendue.

Lorsqu'il la saisit par les épaules et la contraignit à se redresser, cette réaction ne la surprit pas vraiment. Dès son entrée, elle s'était attendue à un geste de ce genre. Néanmoins, sa brutalité lui coupa le souffle.

Jenny oublia toute retenue pour le gifler à toute volée. Le bruit résonna dans le silence.

Elle l'entendit reprendre brusquement sa respiration. Il lança d'une voix tranchante :

— Ainsi, vous savez vous montrer brutale, Jenny Malloy ! Cette douceur apparente est seulement une façade.

— Sortez d'ici ! siffla-t-elle.

— Vous n'exprimez pas votre pensée, fit-il d'un ton teinté de mépris. Voilà ce que vous voulez.

D'un autre mouvement rapide, il arracha le drap à la main qui le retenait. Il demeura un instant immobile à la contempler. Elle ne distinguait pas ses yeux mais elle voyait la courbe narquoise de ses lèvres.

— J'aurais dû m'en douter, reprit-il d'une voix traînante. D'abord, cette porte qui n'était pas fermée à clé. Et maintenant, ça... Vous m'étonnez, Jenny !

La jeune fille n'avait jamais été aussi furieuse. En ce moment précis, elle le haïssait. Tout son corps le désirait, mais elle le haïssait.

— Je n'ai jamais cru nécessaire de me barricader, déclara-t-elle, livide de rage. Personne, à Impalavlei, n'a jamais eu l'idée d'abuser de la situation. Je me méfierai, désormais.

— Et vous dormez dans cette tenue indécente ? lança-t-il, sarcastique.

— Seulement lorsque j'ai trop chaud.

— Vous devriez être plus prudente. Un jour vous regretterez amèrement votre attitude provocante. Et ce n'est pas la peine de prendre cet air ulcéré. Rappelez-vous comme vous étiez faible entre mes bras, l'autre jour...

— Vous êtes une brute, Joshua Adams !

Une douloureuse amertume étreignait Jenny.

— Parce que je dis la vérité ?

D'un geste brusque, il la repoussa en arrière, et aussitôt, ses lèvres se posèrent au creux de sa gorge.

Elle sentit naître en elle la réaction trop familière mais elle lutta de toutes ses forces. Elle serrait convulsivement les poings. Non, elle ne toucherait pas Joshua même si chaque fibre de son être en mourait d'envie.

— Tu m'attendais.

Il avait levé la tête et la fixait.

— Ce n'est pas vrai, articula-t-elle.

Dans son vertige, elle savait à peine ce qu'elle disait.

— Vous et Maybelle, dans votre case... Je croyais...

Elle s'interrompit, mais trop tard. Joshua caressa son cou d'un lent mouvement sensuel. Le cœur de Jenny battait à se rompre.

— Ainsi, tu étais jalouse de Maybelle.

Elle secoua violemment la tête.

— Je me moque bien d'elle ! Et de vous, par la même occasion !

— Est-ce la raison pour laquelle vous vous êtes montrée si désagréable avec elle, ce matin ?

Sa voix était d'une dangereuse douceur.

Il l'avait lâchée. Elle en profita pour remonter vivement le drap jusqu'à son menton, mais il le rabattit de nouveau.

— Alors, Jenny ?

— J'ai été polie, parvint-elle à murmurer.

— Ah non ! Et je vous avais pourtant dit que je

voulais voir Impalavlei faire bonne impression sur Maybelle.

La souffrance qui ne l'avait pas quittée depuis le moment où elle avait appris l'existence de Maybelle prit le dessus.

— Laissez-moi tranquille, Joshua ! L'avis de Maybelle m'importe peu.

— Vous feriez mieux de vous en soucier, jeta-t-il. Maybelle travaille pour une grande agence de voyages. Si elle décidait de faire d'Impalavlei l'une de ses étapes, cela contribuerait pour beaucoup à nous remettre sur pied.

Elle le regardait, abasourdie.

— Est-ce la raison de sa visite... ? La raison pour laquelle vous l'avez emmenée faire le tour du parc ? Joshua, vous m'avez dit que c'était une amie...

— Elle l'est, déclara-t-il, d'un ton un peu énigmatique. Etes-vous jalouse, Jenny ?

Combien elle l'était ! Cela l'avait torturée toute la journée. Mais elle devait au moins comprendre une chose. Sans tenir compte d'une question qui n'appelait pas de réponse, elle s'enquit :

— Tous ces aménagements... ont-ils été faits à l'intention de Maybelle ?

— Vous connaissez la réponse, riposta-t-il d'une voix dure.

— Je n'aurais jamais dû cesser de lutter contre vous, explosa Jenny.

— Vous n'avez pas cessé. Aujourd'hui...

Sans achever, il la prit dans ses bras, s'empara de ses lèvres. Son baiser fut dur, cruel, comme s'il donnait libre court à une colère qu'il ne pouvait exprimer autrement. Mais Jenny demeurait obstinément froide et remuait pour tenter de lui échapper.

Malgré sa fureur, elle se rappelait la fois précédente, dans la case rénovée, la manière dont son corps avait

124

réagi à celui de Joshua, la manière dont elle avait bien failli succomber. Il y avait eu alors entre eux une sorte d'enchantement. Ce soir, il y avait, de son côté à lui, une force brutale et, chez elle, de l'indignation. Il pourrait bien la supplier, jamais elle ne lui céderait.

Néanmoins, en dépit de sa rage, son corps la trahissait, réagissant sous ses caresses. Son cœur battait à se rompre. Jamais, elle n'oublierait ces moments d'extase, même lorsqu'il aurait disparu de sa vie. Cette fois encore, ses sens désobéissaient aux commandements de son esprit.

Dans un sursaut de volonté, elle parvint à glisser ses poings entre leurs deux corps et, profitant d'un instant où il se redressait pour reprendre haleine, elle le repoussa de toutes ses forces.

— Si vous ne partez pas, je hurle ! menaça-t-elle.

— J'allais vous laisser.

Il la lâcha si brusquement qu'elle retomba de tout son poids sur le lit. Debout à son chevet, il présentait une silhouette sombre, dangereuse. Tout juste s'il avait le souffle un peu court.

— Je vous avertis, Jenny. Conduisez-vous convenablement... au moins pendant le séjour de Maybelle. Sinon, vous le regretterez, je vous le promets.

Il n'attendit pas de réponse. Sans même lui dire bonsoir, il sortit de la chambre à longues enjambées.

Jenny alla fermer la porte à clé et se recoucha. Mais elle savait qu'il lui serait impossible de trouver le sommeil. Alors, elle se releva, passa un jean et un pull-over chaud et se glissa dehors sans bruit.

Le camp était plongé dans le silence et la paix. Mise à part la lumière qui brillait dans la case de Joshua, tout était obscur. Etait-il seul, ou bien, une fois de plus, avec Maybelle ? Jenny était au supplice. Elle s'efforça de chasser de son esprit ces odieuses images qui la faisaient si cruellement souffrir, même si, ce soir-là, elle haïssait Joshua.

Seule dans l'obscurité, elle tenta d'analyser ses sentiments à l'égard de Joshua. Quand son amour pour lui avait grandi, elle avait en même temps cessé de s'opposer à ses désirs. C'était la meilleure preuve de ce qu'elle ressentait pour lui. Elle connaissait déjà la trahison de ses propres sens. Sa passion était si intense qu'elle avait peu à peu abandonné ses convictions. Il lui avait fallu un certain temps pour s'avouer la vérité, mais, même avant cela, elle avait déjà perdu une partie de son énergie dans sa lutte contre lui.

Elle avait eu envie de le croire, de penser qu'il avait à cœur les intérêts d'Impalavlei : ce n'était pas seulement un placement, dont il voulait augmenter la valeur et la productivité.

En dépit de son amertume, elle jugeait toujours justifiées les transformations apportées par Joshua. Mais ses mobiles l'avaient dépouillée de toutes ses illusions. Non, son ardeur n'avait pas été motivée par son affection pour Impalavlei, les animaux ou la brousse. L'argent, la réussite en avaient été les seuls mobiles. En prétendant le contraire, il avait tout simplement voulu s'assurer le soutien de la jeune fille : il était ainsi plus facile, pour travailler avec elle, de s'en faire une amie.

Le rire d'une hyène troubla le silence. C'était un bruit étrange : un ricanement qui exprimait la colère et la détresse, plutôt que l'amusement. Jenny y vit un écho de ses propres sentiments.

Dans la nuit trouée d'étoiles, le muret de pierre formait une ligne plus sombre. Sans y penser, Jenny s'était approchée de son refuge. Elle s'y accouda.

Aveuglée par son amour pour Joshua, elle l'avait imaginé bien différent de ce qu'il était en réalité. Jenny de son côté, avait rêvé à une existence totalement impossible. L'arrivée de Maybelle l'avait bien contrainte à reconnaître sa propre folie. La visiteuse travaillait pour une agence de voyages, selon Joshua. C'était possible, mais elle était aussi la femme de sa vie...

La jeune fille se demandait combien de temps Maybelle allait passer à Impalavlei. Quelques jours, peut-être. Avec un peu de chance, pas plus d'une semaine... et ce serait déjà trop long. Comment allait-elle pouvoir supporter de les voir sans cesse ensemble ?

La visiteuse finirait par regagner l'Amérique. Si Impalavlei lui avait plu, elle y enverrait des touristes. Mais Maybelle elle-même serait de retour bien avant leur arrivée et Joshua l'attendrait avec toute l'impatience qu'il avait déjà montrée cette fois.

Se marieraient-ils ? Ou bien la ravissante Miss Hunter se contenterait-elle de faire une apparition toutes les fois qu'elle le pourrait ? De toute manière, Jenny ne tolérerait pas la situation.

La décision lui parut naître d'elle-même : elle devrait quitter Impalavlei. N'importe qui, désormais, pourrait la remplacer. Joshua ne s'en apercevrait même pas.

Elle en était donc arrivée là, songea-t-elle avec amertume. Un autre soir, en ce même lieu, Jenny avait pris la décision de rester, elle s'était solennellement promis de protéger le sanctuaire qui avait tenu une si grande place dans la vie de son père. Et, quelques semaines plus tard à peine, Jenny était sur le point de revenir sur cette promesse.

Elle crut revoir Tom Malloy. Le vieil homme, la pipe entre les dents, contemplait la brousse d'un air heureux, comme s'il ne se lasserait jamais de ce qui l'entourait, et ses yeux exprimaient une bonté sereine.

La bonté. La caractéristique de Tom Malloy. Bonté

envers les bêtes comme envers les gens. Bonté envers sa fille tant aimée… A cause de cela, il aurait compris son attitude, ses raisons. Il n'aurait pas vu là une trahison mais l'unique moyen de préserver son équilibre.

Dès le lendemain, Jenny ferait le premier pas. Elle rédigerait une annonce, et George la porterait à la boîte aux lettres. Après le départ de Maybelle, Jenny avertirait Joshua.

Le dos raide, elle se remit en marche dans l'obscurité parfumée. Elle avait trouvé la solution à son dilemme et elle aurait dû en être satisfaite. Pourtant, en pénétrant dans la maison silencieuse, elle se sentait terriblement triste.

Maybelle séjourna à Impalavlei durant un peu plus d'une semaine, ce qui parut une éternité à Jenny. Maybelle était constamment près de Joshua. Souvent, elle passait un bras autour de sa taille. Les cheveux blonds, toujours brillants, soyeux, cascadaient en vagues dorées quand elle renversait la tête en arrière pour éclater de rire. La voix un peu rauque semblait maintenant faire partie du décor : par moments, Jenny l'entendait jusque dans son sommeil.

Joshua, quant à lui, paraissait absolument fasciné. Il inclinait la tête vers la jeune fille quand elle lui parlait, et son rire faisait écho au sien. Quand elle se rapprochait de lui, il l'enlaçait. De toute évidence, leurs sentiments étaient réciproques.

Envers Jenny, Maybelle témoignait d'une cordialité un peu distante. De temps à autre, ses yeux bleus se posaient pensivement sur les cheveux bruns en désordre, les lèvres parfaitement maquillées se pinçaient légèrement. L'imaginait-elle seule avec Joshua à la réserve ? L'idée lui causait-elle la moindre souffrance ? Il n'y avait pourtant aucune raison !

En règle générale, les contacts entre les deux femmes étaient limités. Maybelle montrait un grand intérêt pour Impalavlei. Elle voulait tout connaître. Il lui arrivait même de poser des questions à Jenny. Cette dernière n'avait pas répété son impolitesse du premier jour, mais l'autre, elle en était sûre, ne l'avait pas oubliée.

Jamais semaine n'avait semblé aussi longue. Jenny exhala un long soupir de soulagement quand Joshua chargea les luxueuses valises dans la Land-Rover.

— Je vous reverrai à mon prochain voyage, déclara Maybelle au moment du départ.

Jenny parvint à esquisser un pâle sourire.

— Ce sera un plaisir. Bon voyage.

Toute expression aimable disparut quand le véhicule franchit les grilles du camp et s'engagea sur la route. Lorsque Maybelle reviendrait, Jenny ne serait plus là. Elle aurait depuis longtemps regagné Pretoria. La petite annonce avait dû paraître pour la première fois dans les journaux de la veille. Bientôt arriveraient des réponses.

Joshua ignorait encore tout de ses projets. Elle garderait le silence jusqu'au moment où elle pourrait lui annoncer son départ.

Jenny était assise à son bureau, un registre ouvert devant elle. Un pli léger barrait son front. En peu de temps, les finances d'Impalavlei s'étaient considérablement améliorées. Le nombre des réservations grandissait. Le bruit des aménagements apportés à la réserve avait dû se répandre.

— Jenny !

Une longue ombre se dessinait sur le sol inondé de soleil, près du bureau. Elle leva les yeux, et le cœur lui manqua. Jenny pouvait bien mépriser Joshua mais elle était incapable de rester insensible à sa séduction.

Il paraissait plus grand encore qu'à l'ordinaire. Le ton cannelle de sa chemise accentuait son hâle, et elle apercevait la peau nue de son torse dans l'échancrure. Comme elle aurait aimé se blottir dans ses bras ! Le fin visage était animé, et elle lut dans ses yeux la chaleur dont elle rêvait chaque nuit.

— Vous désiriez quelque chose, Joshua ?

— Je vous emmène en promenade.

Elle conserva une expression neutre pour dissimuler sa joie soudaine à l'idée de se trouver seule avec lui.

— Je... je travaille, balbutia-t-elle.

D'un claquement sec, il referma le registre et ordonna d'un ton sans réplique.

— Venez, petite fille.

Un siècle semblait s'être écoulé depuis le temps où il l'appelait ainsi... La sagesse conseillait de refuser, mais il était difficile de résister à la folle tentation.

Joshua résolut le conflit en faisant descendre la jeune fille de son tabouret.

— Vous n'avez pas encore vu la plate-forme d'observation, déclara-t-il.

Il emprisonnait son poignet d'une main ferme.

Quelques minutes plus tard, Jenny était assise à ses côtés dans la Land-Rover. Elle aurait pu protester, se montrer ferme... Mais, par instants, son cœur prenait le pas sur la raison. Bientôt, elle aurait quitté Impala-vlei, elle ne reverrait peut-être jamais Joshua. En l'accompagnant maintenant, elle engrangerait un autre précieux souvenir pour les années futures, un souvenir à ajouter à tous les autres.

Ils lui seraient douloureux, mais la consoleraient aussi. Ils lui rappelleraient l'homme qu'elle aimait, qu'elle ne cesserait sans doute jamais d'aimer, songeait-elle avec un certain désespoir.

Son attention fut attirée par une forme blanche et noire. Joshua l'avait aperçue, lui aussi : la voiture s'immobilisa. A quelques mètres de la route paissait un troupeau de zèbres. Les têtes orgueilleuses se tournèrent vers le véhicule et, d'un seul coup, tous les animaux disparurent.

— Ils sont revenus, remarqua doucement Jenny en se tournant vers Joshua.

Ses yeux brillaient d'excitation. On n'avait pas vu depuis longtemps à Impalavlei une troupe de cette importance.

Le regard énigmatique de Joshua se posa sur son délicat visage animé, et il remarqua son sourire rayonnant, s'attarda sur les lèvres entrouvertes, glissa sur le cou mince, sur sa gorge à peine visible sous l'ample tee-shirt.

— D'autres reviendront aussi, déclara-t-il avec une tranquille assurance. La poussière ne vous manque pas, petite fille ?

Elle saisissait l'allusion. Les zèbres étaient des animaux timides. S'il y avait eu le moindre indice annonçant l'arrivée d'intrus, ils auraient pu s'enfuir et disparaître avant même qu'ils aient pu s'approcher.

— Vous avez eu raison de goudronner, admit-elle, avant de se retourner de nouveau vers la portière.

La voiture repartit.

Oui, toutes ses innovations avaient été parfaitement justifiées, convint-elle. L'eau avait bien ramené la plupart des bêtes. La veille encore, un pensionnaire était revenu au camp tout surexcité : il avait vu une famille de lions.

Les cases, le salon, le bureau étaient accueillants, tout en s'harmonisant avec l'atmosphère de la réserve. Le restaurant n'était pas encore achevé, mais lui non plus ne nuirait pas à la rustique beauté des lieux. La grande baie panoramique avait été un trait de génie : par les soirées un peu fraîches, quand il faisait trop sombre pour rouler à travers le parc, les visiteurs pouvaient s'asseoir devant la fenêtre pour contempler la rivière et la brousse.

Certes, les plans de Joshua avaient été habilement conçus et remarquablement réalisés. Seuls, ses motifs étaient douteux.

Plongée dans ses pensées, elle fut surprise de sentir la voiture s'immobiliser de nouveau. S'il y avait des animaux dans les parages, elle ne les avait pas remarqués. Elle se tourna vers Joshua, une question muette aux lèvres, et le vit faire un geste.

Un peu plus loin se dressait un bouquet de mopanis. Il n'y avait pas de vent, la brousse était calme. Seules, les branches de l'un des arbres étaient en mouvement, et l'on distinguait au-dessus d'elles le contour arrondi d'une forme grise.

— Un éléphant ! souffla Jenny.

La Land-Rover se remit en marche, mais très lentement, cette fois. Quand elle s'arrêta une fois de plus, Joshua laissa tourner le moteur. Il était conscient du danger et voulait s'assurer un moyen de fuir, si, par hasard, le pachyderme décidait de charger.

On voyait maintenant plus distinctement l'animal. De longues défenses luisaient d'un éclat laiteux sur le fond sombre du feuillage ; les vastes oreilles semblables à des feuilles de parchemin battaient sans cesse : c'était ce mouvement qui avait attiré l'attention de Joshua. La trompe était enroulée autour du tronc, et, sous les regards émerveillés des occupants de la voiture, celui-ci s'inclina soudain, aussi aisément qu'une simple brindille.

L'imposante bête tourna les yeux vers le véhicule. Il dressa la trompe, et un barrissement sourd ébranla les environs. Jenny, fascinée, le contemplait. Elle en avait déjà vu mais elle savait par George que, depuis bien longtemps, ils ne fréquentaient plus Impalavlei.

Presque sans y penser, elle se retourna vers Joshua.

Comme s'il se sentait observé, il en fit autant. Ses yeux d'un gris sombre étincelaient, un sourire errait sur ses lèvres.

Il était inutile de lui demander s'il était satisfait. Cela se voyait clairement à son expression. Jamais on n'avait attendu autant de clients à Impalavlei, et ils ne seraient pas déçus en repartant.

L'éléphant joua encore un moment avec le tronc, avant de le lâcher pour s'éloigner lourdement à travers la brousse. Joshua se remit à rouler lentement.

Jenny se demanda s'il attendait un commentaire de sa part. Il ne pouvait pas s'en douter, mais, en ce moment précis, Jenny était incapable de parler. Ses yeux regardaient par la portière sans rien voir. Elle s'efforçait de dissimuler le tremblement de tout son corps.

Jenny n'en avait encore soufflé mot à Joshua, mais elle avait une candidate pour son emploi à la réserve. La lettre était arrivée au courrier de la veille, et la postulante semblait réunir toutes les conditions requises. Jenny lui avait répondu le matin même, en lui demandant de venir se présenter.

Elle n'avait aucune raison valable de taire cela à Joshua, aucun motif d'hésiter à lui avouer sa démarche. Jenny ne risquait pas de lui manquer. Sans doute trouverait-il plus facile de travailler avec une femme qui ne lui résisterait pas constamment. Elle allait l'informer le jour même, décida-t-elle. Jenny était incapable de garder plus longtemps ce lourd secret.

La jeune fille battit des paupières pour dissiper les larmes qui brouillaient sa vue et tenta de se concentrer sur le paysage. Si seulement elle avait un moyen de se rappeler chaque arbuste, chaque buisson, chaque animal ! Aussi longtemps que Joshua serait à Impala-vlei, elle ne reviendrait pas, pas même pour un bref séjour.

Le visage de l'homme aimé, lui, resterait gravé dans sa mémoire. Chaque trait était imprimé dans son esprit avec une précision qui ne s'effacerait pas, aussi longtemps qu'elle vivrait.

L'arbre choisi par Joshua pour y établir une plate-forme d'observation était énorme. Il était aussi magnifique. Il se dressait à courte distance d'un méandre de la rivière. La berge sableuse la plus proche était marquée de nombreuses empreintes d'animaux, et l'expérience montra à Jenny que la plupart de ces traces étaient fraîches.

La jeune fille venait là pour la première fois. Par orgueil, elle avait dominé sa curiosité, ne voulant pas donner à Joshua le plaisir de venir examiner l'innovation dont il semblait si fier.

La plate-forme n'était pas encore tout à fait achevée, mais on était un samedi, et les lieux étaient déserts. Jenny devina que cet endroit deviendrait l'un des plus recherchés à Impalavlei. On y pourrait observer la brousse d'une hauteur qui permettrait de ne rien laisser passer. Les photographes seraient en mesure d'y passer confortablement plusieurs heures.

— Eh bien, Jenny ?

Au son de sa voix, elle se retourna d'un bloc.

— C'est très bien, admit-elle.

Une lueur passa dans les yeux de Joshua.

— Une remarque bien terne, venant de vous, Jenny.

Il ne pouvait s'attendre de sa part à l'enthousiasme délirant qui avait sans doute été celui de Maybelle. Peut-être avait-il escompté un mépris écrasant. Il ne pouvait deviner qu'elle avait perdu toute envie de se battre contre lui. Elle allait bientôt quitter Impalavlei, et tout ce qui avait eu pour elle tant d'importance n'en avait plus guère, désormais. Sa souffrance la plus profonde résidait dans la certitude de ne plus jamais le revoir. Mais cela, se dit-elle farouchement, il ne le saurait jamais.

— Pouvons-nous monter ? s'enquit-elle.

— Naturellement. Venez.

Le terrain tout autour avait été défriché. On pouvait parcourir les quelques mètres qui séparaient une voiture de l'échelle sans crainte de se faire surprendre par une présence invisible.

En gravissant les échelons, Jenny avait une conscience aiguë du corps élancé qui la suivait de près. Ils ne s'étaient pas trouvés seuls depuis si longtemps. Trop longtemps, soufflait une petite voix insidieusement.

Jenny se sentit submergée par une vague de désir. Elle voulait sentir une fois de plus les bras de Joshua autour d'elle, ses lèvres sur les siennes. Epouvantée, elle voulut lutter. Se soumettre à ses caresses, si toutefois il était disposé à les lui accorder, serait aggraver encore ses futures souffrances.

Jenny allait faire part à Joshua de sa décision de quitter Impalavlei. Elle le lui dirait dès qu'ils seraient sur la plate-forme.

Mais Joshua ne lui laissa pas l'occasion de parler. Il avait hâte de tout lui montrer, de lui expliquer ce qui restait à faire, d'envisager l'ameublement — le strict nécessaire, précisa-t-il.

La vue était impressionnante. La plate-forme connaîtrait sans l'ombre d'un doute un vif succès parmi les touristes, et l'installation n'était pas de mauvais goût. Joshua avait veillé à bien l'intégrer dans le paysage.

Sans doute, par la suite, serait-elle vitrée. Pour l'instant, une rampe en bois faisait le tour du plancher. Jenny s'y accouda. Le moment tant redouté était venu. Joshua la rejoignit. Son bras effleura le sien et

135

elle dut faire un effort de volonté pour ne pas se tourner vers lui afin de se blottir contre sa poitrine.

Il devait certainement avoir conscience de la tension qui régnait entre eux, se dit-elle. Ils étaient si proches l'un de l'autre : il devait percevoir la chaleur brûlante de son corps, le frémissement qu'elle ne parvenait pas à maîtriser. En une muette prière, elle le supplia de s'éloigner. Elle était trop faible pour le faire elle-même.

Il poussa une exclamation soudaine, et, surprise par sa véhémence, elle sursauta, se tourna vers lui. Son regard était fixé sur un point précis, à quelque distance de la plate-forme. Elle en suivit la direction et vit un impala solitaire.

Elle mit un instant à s'apercevoir qu'une patte fragile semblait coincée sous une pile de matériaux de construction. L'animal tentait vainement de se libérer.

Ses mouvements avaient quelque chose de désespéré. La tête gracieuse allait frénétiquement d'un côté à l'autre ; en même temps, le petit corps faisait de tels efforts que la petite bête risquait fort de se blesser.

— Un lion !

A ce mot, Jenny se figea. En effet, elle distinguait parmi les buissons, une tache mouvante d'un brun fauve. La jeune fille se retourna vers Joshua et fut frappée par son visage dur, tendu. Ses sourcils étaient froncés. D'une seule enjambée, il se retrouva au haut de l'échelle.

— Joshua !

Son cri était désespéré. Il ne répondit pas. Elle courut vers lui, le tira par le bras.

— Non, Jenny !

Il se libéra d'une secousse.

— Vous allez vous faire tuer !

Un bref instant, il la dévisagea. Elle n'oublierait jamais son expression.

— Tout ira bien, promit-il.

Et, rapidement, il descendit l'échelle.

9

Il était impossible de l'arrêter. Jenny le regarda s'éloigner. Elle ne s'était jamais sentie aussi effrayée.

— Joshua, je vous aime !

Elle voulut le lui crier, mais il ne l'entendit pas : sa voix sortit de sa gorge serrée en un murmure étouffé.

En bas, Joshua se déplaçait avec la rapidité de l'éclair. En l'espace d'une seconde, il avait rejoint l'impala, le délivrait du piège mortel. Le prenant entre ses bras, il revint au pied de l'échelle quand le lion émergea des buissons. Comme si la bête n'avait pas été plus lourde qu'un chaton, il gravit en courant les échelons de bois. A ce moment, le premier rugissement rageur déchira l'air.

— Joshua ! Oh, mon Dieu, vous êtes sain et sauf !

Jenny courut vers lui.

— Aidez-moi.

Il lui tendait son léger fardeau.

Elle prit l'animal, le serra contre elle. Peu habitué aux mains humaines, il se contorsionnait. Joshua la rejoignit.

— Vous êtes sain et sauf, répéta-t-elle.

Sans s'en rendre compte, elle pleurait à chaudes larmes.

— Jenny...

Jamais il n'avait prononcé son nom avec une telle douceur.

Il reprit le petit rescapé, le posa sur le plancher.

Ensuite, il se retourna vers la jeune fille. D'un même mouvement, elle s'avança vers lui, et il lui tendit les bras. Durant un moment qui leur parut une éternité, il la retint contre lui. Après sa violente frayeur, elle sentait son cœur battre à grands coups dans sa poitrine. Elle percevait en même temps le rythme saccadé de celui de Joshua. Sans réfléchir, elle pressa ses lèvres contre la peau nue, là où la chemise était ouverte. Quand la bouche de Joshua se posa sur ses cheveux, elle éprouva simplement le merveilleux soulagement de le savoir vivant.

Il la lâcha pour s'approcher de l'impala frémissant. Il se pencha, le caressa pour apaiser sa peur, avant de prendre tendrement la patte blessée.

— Pourquoi avez-vous agi ainsi? demanda-t-elle.

— Je ne pouvais pas faire autrement.

— La loi de la jungle.

Jenny cherchait ses mots.

— Vous... vous ne pouvez pas venir en aide à tous les animaux pourchassés.

— Je n'essaierai pas.

Il leva les yeux, et elle lut de la colère dans son regard.

— Cela n'avait rien à voir avec la jungle ou la nature. Il s'agissait de négligence... une négligence humaine. Un fil de fer qui n'avait rien à faire en cet endroit.

Elle se mordit les lèvres.

— Vous avez couru un terrible danger.

— Je n'avais pas le choix.

Elle le vit décrocher la gourde pendue à sa ceinture. Il en versa quelques gouttes sur la blessure. La petite créature frissonnait encore mais elle ne se débattait pas pour échapper aux mains de Joshua. Elle semblait faire confiance à cet homme dont les doigts vigoureux savaient la palper avec une douceur inattendue.

Comme elle lui faisait elle-même confiance, se dit Jenny. Elle s'accroupit pour l'aider dans la mesure du possible. La jeune fille avait mal jugé Joshua, elle le savait à présent, quand il était trop tard. Jamais elle n'avait voulu croire qu'il aimait Impalavlei et ses animaux.

Pourtant, elle venait d'en avoir la preuve éclatante. La vie d'une seule petite bête n'avait pas grande importance. Néanmoins, il avait risqué sa propre vie pour sauver l'impala.

Elle s'était montrée ridicule sur toute la ligne. Certes, elle n'avait aucun avenir avec Joshua : Maybelle ne tarderait pas à venir le rejoindre. Mais elle aurait pu profiter pleinement du temps passé avec lui. Jenny aurait à présent le souvenir de jours passés dans l'harmonie. Au lieu de quoi, il avait dû la trouver d'une extrême puérilité.

Pendant quelques minutes, ils s'activèrent ensemble sans mot dire. Joshua lava et pansa la coupure, tandis que Jenny tenait la patte malade. D'en bas leur parvenaient les rugissements furieux de la bête sauvage privée de sa proie. Cela aussi serait un souvenir, pensa Jenny.

— Qu'allons-nous faire de lui ? s'enquit-elle.

Il avait fermement bandé son mouchoir autour de la blessure.

— Le ramener au camp. Dans quelques jours, quand la plaie sera cicatrisée, nous lui rendrons la liberté.

Pendant quelques instants, une atmosphère particulière s'était créée entre eux. Parler l'avait déchirée. Jenny retourna vers la rampe. Tout absorbée par leur tâche, elle avait entendu les protestations du lion sans réfléchir à leur implication.

Elle baissa les yeux et se sentit paralysée. Entre l'échelle et la Land-Rover, le lion allait et venait sans repos. C'était un mâle, à la crinière noire, au pelage galeux. Horrifiée, Jenny le vit ouvrir la gueule toute grande pour manifester sa hargne et elle demeura pétrifiée.

Elle se retourna vers Joshua qui l'avait rejointe. Il avait les lèvres pincées, mais une lueur intrépide brillait dans ses yeux. Il n'éprouvait aucune peur, se dit-elle, à l'idée d'avoir échappé de justesse au fauve. Le danger, l'aventure le stimulaient. Elle-même éprouvait la même stimulation, comprit-elle après un instant.

— Et maintenant, que faisons-nous ? demanda-t-elle.

— Nous ne pouvons pas faire grand-chose, fit-il avec un haussement d'épaules. Ce lion se sent frustré. Il sait que sa proie est ici et il la veut.

Il s'interrompit, l'air pensif.

— Il a l'air vieux, Jenny. Peut-être a-t-il été blessé, lui aussi, et a-t-il du mal à chasser. L'impala aurait été pour lui une proie facile.

Ils n'avaient aucun moyen de traverser l'espace restreint entre l'échelle et la Land-Rover, aussi longtemps que le lion continuerait d'y faire les cent pas. Jamais Jenny n'avait vu de bête aussi furieuse. Certainement, il se jetterait sur l'impala, mais il pourrait aussi les attaquer, Joshua et elle.

— Il peut rester ici des heures durant, remarqua-t-elle.

— Alors, nous resterons aussi ; il le faudra bien.

Saisie par l'inflexion de sa voix, elle l'observa et se sentit parcourue d'un curieux frisson. Il y en avait peut-être pour très longtemps. Mais, bientôt, la nuit tomberait. Elle fit du regard le tour de la précaire plate-forme. Elle ne pouvait pas demeurer là, en tête à tête avec Joshua.

— C'est impossible.

— Nous n'avons pas le choix.

Il la gratifia d'un sourire charmeur.

— Autant vous installer confortablement, petite fille.

Le temps passa. Le petit animal allongé sur le plancher ne bougeait pas. Il s'estimait en sécurité avec eux.

Joshua et Jenny s'étaient assis non loin de lui. Leur vue portait sans encombre jusqu'à la rivière. De leur côté, rien ne bougeait. Aucune bête n'aurait osé venir s'abreuver si près d'un prédateur affamé. Sur l'autre berge, des animaux se montraient. Il s'agissait là du cours d'eau qui marquait la limite du camp ; l'un des rares qui conservaient encore de l'eau en pleine saison sèche.

Deux girafes débouchèrent des arbres. Sans se laisser impressionner par les rugissements féroces, elles descendirent jusqu'au bord de la berge, écartèrent largement les pattes et tendirent leurs longs cous. Elles étaient à la fois gauches et gracieuses. C'était un spectacle qui enchantait Jenny, toutes les fois qu'elle en était témoin.

D'autres habitants de la brousse vinrent aussi : une famille de phacochères, un couple d'antilopes noires, un éléphant. Les barrissements et les bruyants ébats de ce dernier emplissaient l'air.

Il faisait de plus en plus sombre. Au pied de la plate-forme, le lion était encore clairement visible, mais, sur l'autre berge, toutes les silhouettes formaient maintenant une masse confuse. A l'ouest, le soleil était sur le point de basculer derrière l'horizon ; seul, un petit coin de ciel s'embrasait encore des éclatantes couleurs du crépuscule africain. Mais ce crépuscule serait bref. Une fois les derniers rayons disparus, la nuit viendrait vite. Même si le fauve se décidait à partir — et, pour le moment, cette éventualité semblait peu probable —, rouler en voiture serait dangereux.

Depuis un long moment, Joshua restait plongé dans le silence. Il paraissait préoccupé. Il parla enfin.

— Nous allons dormir ici, Jenny.

Elle se tourna vers lui. Il faisait tout juste assez clair pour distinguer les traits de son visage, le front haut, la mâchoire ferme. Tous ses traits exprimaient la force, une dureté latente et aussi l'intégrité. Elle se demanda comment elle avait jamais pu s'y tromper.

— Je sais, répondit-elle d'une toute petite voix. Nous serons en sécurité, vous croyez ?

— Bien sûr, fit-il d'un ton rassurant. J'aimerais bien faire du feu, mais, avec tout ce bois sec, ce ne serait pas prudent. La nuit va être longue et froide, Jenny. Nous devrons nous tenir chaud.

Il passa un bras autour de ses épaules pour l'attirer contre lui, et elle se raidit.

— Détendez-vous, petite fille. Je n'ai pas parlé de vous séduire. Mais, si nous ne conservons pas notre chaleur, nous pourrions bien souffrir et attraper une grippe.

Pour lui, le fait d'être si proche l'un de l'autre ne signifiait pas autre chose. Certes, il y avait eu des moments où il avait clairement manifesté le plaisir qu'il avait à la tenir contre lui. Mais, même alors, ses émotions n'avaient pas été en jeu, et, après avoir vu Maybelle, Jenny comprenait pourquoi. Jamais elle ne pourrait espérer rivaliser avec la radieuse beauté de cette femme.

— Jenny !

C'était un ordre. Au bout d'un moment, elle obéit,

se laissa aller. L'étreinte de Joshua se resserra. Il allait penser qu'elle avait enfin compris le sens de ses paroles et qu'ils devaient se conduire de façon raisonnable. Jamais il ne devinerait son bonheur à se blottir tout contre lui, à percevoir les battements rythmés de son cœur.

La nuit serait longue, avait dit Joshua. La joue appuyée sur le torse de Joshua, elle songea que la nuit ne durerait jamais assez.

Même si l'air se faisait très froid, quand le soleil serait couché. Même si ni elle ni Joshua n'avaient songé à se munir de vêtements chauds. Pour Jenny, cette nuit était l'ultime réalité, l'ultime bonheur. Quand elle aurait quitté Impalavlei, elle ne vivrait plus qu'à demi.

Alors lui revint le souvenir de la lettre. Elle avait été sur le point d'en parler à Joshua quand il s'était imprudemment précipité au secours de l'impala, et elle n'y avait plus pensé.

Le moment était venu d'aborder le sujet. Dans quelques jours, Linda, la candidate, arriverait pour avoir un entretien avec eux. Elle serait en mesure de se mettre immédiatement au travail. Dans ce cas, après une rapide mise au courant, plus rien ne retiendrait Jenny à Impalavlei.

Elle ouvrit la bouche, mais, chose curieuse, les mots ne lui vinrent pas. Une faiblesse s'était emparée de tout son être et paralysait son esprit.

— Vous êtes bien ? demanda-t-il, la bouche contre ses cheveux.

— Oui. Et vous ?

— Immensément.

Elle l'entendit rire, de ce rire doux qui accélérait toujours le battement de son cœur.

— Il ne saurait en être autrement, avec une femme désirable entre mes bras.

144

Il ne s'était plus adressé à elle ainsi depuis long-temps. Depuis la visite de Maybelle, il n'y avait plus rien eu entre eux. Joshua était un maître dans l'art de flatter la gent féminine. Pourtant, elle accueillit ses paroles avec une joie intense.

— Vous me trouvez désirable ? s'enquit-elle malgré elle.

— M'inviteriez-vous, par hasard, à vous le prouver ?

Par le passé, du moins au début, elle avait essayé de lui résister. Mais pas cette fois. Une faim dévorante la rongeait. Jenny s'était vu trop longtemps refuser le ravissement de ses caresses. Elle savait aussi qu'elle devrait, durant sa vie entière peut-être, se rappeler ce souvenir.

Elle se laissa renverser en arrière, le dos appuyé contre la cuisse de Joshua. Quand il pencha la tête vers la sienne, elle posa ses mains sur ses épaules, s'y accrocha. Les lèvres de son compagnon effleurèrent doucement sa gorge puis son visage, s'attardant un instant sur son front, atteignant ensuite ses yeux, ses oreilles.

— Mon Dieu, Jenny, gémit Joshua, comme j'avais envie de toi !

Il se remit à l'embrasser. Sa bouche était mainte-nant exigeante, possessive. Elle laissa errer ses doigts dans son abondante chevelure bouclée, s'y agrippa. Sans interrompre cet instant enchanteur, il débou-tonna adroitement le chemisier, le fit glisser de ses épaules. Ses mains glissaient fiévreusement comme si elles modelaient tout son corps. Jenny n'avait plus qu'une seule pensée : même si elle ne le revoyait jamais, même s'il devenait bientôt le mari d'une autre, cette nuit appartenait à eux seuls.

Il se détacha d'elle, la contempla. Il faisait à présent trop sombre pour déchiffrer son expression, mais elle entendait sa respiration haletante, sentait son cœur battre précipitamment, au rythme du sien.

— Je te désire, Jenny…

La voix sourde l'émut profondément. Oh, Dieu, elle le désirait, elle aussi. De toute sa vie, elle n'avait jamais connu une passion aussi ardente.

— Oui…

— Jenny ! Je ne veux pas en rester là, plus maintenant. Toi, le veux-tu, ma chérie ?

Ma chérie… Le mot tendre s'imprima dans son esprit. Plus tard, dans la nuit, elle se demanderait s'il avait eu une véritable signification, ou si c'était simplement un mot prononcé dans le feu de l'émotion. Mais, en cet instant, il n'était plus question de penser.

— Oui, murmura-t-elle. Oui, Joshua, je te désire, moi aussi.

Il la dévêtit rapidement mais avec une surprenante douceur. Elle percevait à travers ses mouvements l'impatience d'une passion contenue. Néanmoins, il était avant tout préoccupé d'elle. Elle se recroquevilla sur le sol pendant qu'à son tour, il se déshabillait. Il faisait maintenant vraiment froid, mais c'était surtout cette séparation momentanée qui causait son tremblement.

Il la reprit dans ses bras, l'étreignit étroitement. Leurs deux corps confondus semblaient faits l'un pour l'autre.

Il y eut un brusque gémissement. Depuis quelque temps, le lion ne s'était pas manifesté. A présent, ses cris répétés déchiraient l'obscurité. Au premier, Jenny fut prise de frissons. Mais, sous les caresses de Joshua, elle ne tarda pas à s'apaiser. Il se remit à l'embrasser, et la fureur du fauve, la nuit profonde, s'unirent pour faire de cet instant un moment inoubliable.

Bientôt, elle oublia tout. La colère de celui-ci devint insignifiante, comparée au flot d'émotions qui fai-

146

saient rage dans tout son être, qui réclamait l'accomplissement...

Plus tard, ils se retrouvèrent étendus tout près l'un de l'autre. Joshua l'enlaçait, lui tenait chaud.

— J'espère que tu ne regrettes pas, ma chérie ?

— Non.

Elle lui sourit, tout en sachant qu'il ne pouvait discerner son visage. Mais peut-être son sourire passait-il dans sa voix.

— J'en suis heureux, dit-il à voix basse. Habillons-nous, Jenny. Ensuite, nous dormirons.

Elle mit plus longtemps que d'ordinaire à enfiler son jean et son chemisier, tant ses membres étaient pesants, alanguis. Dans l'ombre, Jenny vit les bras de Joshua se tendre vers elle. Elle s'allongea près de lui, et il l'enlaça.

Leur passion était maintenant éteinte, mais, tout contre Joshua, baignée par la chaleur de son corps, elle se sentait divinement heureuse. Elle n'oublierait pas ce jour. Jenny avait conscience que chaque détail de ces heures-là s'était à jamais gravé dans sa mémoire..

Un inconnu qui les aurait surpris aurait pu les prendre pour mari et femme. Pour cette seule nuit, si elle le voulait, Jenny pouvait faire comme si c'était vrai. La respiration de Joshua s'était faite régulière ; elle était plus lente. Il avait sombré dans le sommeil. Quant à elle, peu lui importait si elle trouvait le repos ou pas. Jamais plus elle ne reposerait ainsi tout contre lui. Elle ne voulait pas perdre une seule minute de ce précieux rêve.

Mais elle dut finir par s'assoupir. A son réveil, elle se demanda un instant où elle était. Jenny était frigorifiée, et le lit lui semblait dur. Elle éprouvait aussi une étrange sensation de solitude, comme s'il lui manquait quelque chose.

Mais bientôt, elle revint à la réalité, en apercevant les yeux gris de Joshua qui la fixaient.

— Bien reposée, Jenny ?

Joshua la regardait en riant. Son visage était détendu, en dépit de la barbe de la veille.

— Oui, répondit-elle, en lui souriant à son tour. Où est le petit déjeuner, Joshua ? Je meurs de faim !

— Ce n'est pas cela qui va me faire peur.

Il s'accroupit près d'elle pour lui tendre la gourde qu'il portait à la ceinture.

— Il reste encore un peu d'eau. Mais je n'ai pas de tasse, malheureusement.

Jenny posa ses lèvres où, sans doute, il avait posé les siennes. Elle aimait Joshua. Aimer, c'était partager. Et ce serait probablement la dernière expérience qu'ils partageraient.

Quand elle eut fini de boire, il lui donna un morceau de biltong.

— Je l'avais oublié, hier au soir, expliqua-t-il.

Elle mordit avec appétit dans la viande séchée.

En même temps, son regard alla vers l'impala. Il était debout et tentait précautionneusement de mouvoir sa jambe blessée.

— Dans un jour ou deux, il ira parfaitement bien, déclara Joshua.

C'était curieux comme la mémoire revenait par fragments, songeait Jenny. Aux premiers moments de conscience, elle s'était seulement rappelé leurs baisers, leurs caresses. Maintenant, tous les événements de la veille lui revenaient en foule.

Un peu haletante, elle s'enquit :

— Et le lion ?

— Il a dû s'éloigner pendant notre sommeil. Je ne l'ai vu nulle part.

— Il se cache peut-être dans les buissons...

Jenny se mordit les lèvres en examinant l'étroite étendue de terrain entre l'échelle de la plate-forme et la Land-Rover.

— Non, je ne pense pas.

Joshua désigna d'un geste les empreintes creusées dans le sable. Elles formaient des cercles irréguliers, là où le fauve, dans sa rage, avait accompli ses allées et venues sans repos ; mais une autre série de traces se dirigeaient vers les hautes herbes.

Ils pouvaient partir.

En baissant les yeux sur son jean, Jenny prit pour la première fois conscience de son apparence négligée. Son chemisier était tout froissé, son pantalon aussi. Vivement, elle passa la main dans ses cheveux et s'aperçut qu'ils étaient ébouriffés. Jenny fit une grimace.

— Je dois ressembler à un épouvantail, soupira-t-elle tristement.

— Voilà une remarque typiquement féminine !

Il éclata d'un rire amusé qui fit battre plus vite le cœur de Jenny.

— Ne vous inquiétez pas, vous êtes toujours aussi adorable !... George va probablement envoyer une patrouille à notre recherche, si nous ne rentrons pas très vite. Sinon, je vous aurais prouvé à quel point vous êtes désirable...

Jenny devint écarlate tandis que Joshua détaillait du regard sa silhouette aux courbes harmonieuses. Pourquoi, par quelle magie cet homme arrivait-il à la troubler autant ? Il était impossible de lui résister. D'ailleurs, Jenny n'en avait guère envie...

Qu'était-il advenu de la jeune fille qui repoussait les avances de son fiancé sous prétexte qu'ils n'étaient pas mariés ? Elle avait eu des principes à toute épreuve et ne songeait alors ni à les transgresser, ni même à les infléchir. Jenny s'était tout à coup transformée en une femme passionnée, profondément amoureuse d'un homme, au point d'être sûre de ne plus vivre qu'à moitié, quand elle serait de retour à Pretoria.

La lettre... Elle devait parler à Joshua de la lettre, ce matin même, avant d'avoir regagné le camp. Après ce qui s'était passé entre eux, la nuit précédente, elle ne pouvait plus rien lui cacher.

— George va être inquiet, sans aucun doute, fit-elle d'une voix faible. Allons-nous-en, Joshua.

L'impala dans ses bras, il descendit l'échelle, et Jenny le suivit. L'air était frais et piquant ; autour de la clairière, les arbres et les buissons s'alourdissaient de gouttes de rosée. Sur la berge de la rivière, quelques koudous descendaient vers l'eau.

— La plate-forme d'observation va-t-elle avoir du succès, à votre avis ? s'enquit Joshua.

Il avait chargé le petit animal dans la Land-Rover et il guidait lentement le véhicule vers la route.

— Beaucoup, sûrement.

— Je vous avais dit un jour qu'ensemble, nous formerions une bonne équipe. Nous avons fait bien du chemin, Jenny.

Il lui était difficile de soutenir son regard. Les yeux de Joshua brillaient. Les siens étaient embués de larmes. La gorge serrée, elle avait peine à parler. Pourtant, Jenny n'avait pas le choix. L'occasion se présentait ; elle devait la saisir.

— C'est vrai... Mais vous allez bientôt vous retrouver seul, dit-elle d'une voix étouffée.

L'émotion lui avait fait prononcer des mots bien différents de ceux qu'elle avait longuement répétés.

L'espace d'une seconde, Joshua perdit le contrôle et la voiture fit une embardée, mais il eut tôt fait de la redresser. Plongée dans sa détresse, Jenny ne remarqua pas à quel point ses paroles avaient troublé son compagnon.

— Vous feriez peut-être mieux de vous expliquer, jeta-t-il sèchement.

— Je... je retourne à Pretoria.

Il lui était de plus en plus difficile d'articuler. Difficile aussi de s'adresser à un homme au visage fermé qui avait tout à coup pris figure d'inconnu.

— Vous allez reprendre votre métier ?

— Oui.

Elle ajouta, pour donner plus de poids à un prétexte qui pouvait paraître un peu inconsistant :

— Je retourne aussi auprès de Bruce.

Entre ses paupières mi-closes, il lui jeta un coup d'œil moqueur, pénétrant. Il pinçait les lèvres. Finalement, il demanda :

— Vous allez vous marier ?

— Euh... Oui.

Jenny détourna les yeux. Elle était consciente que son hésitation avait duré une seconde de trop pour ne pas éveiller ses soupçons.

S'il lui rappelait cette soirée à Pretoria, où ils avaient vu Bruce en compagnie d'une jeune femme blonde, elle serait incapable de trouver une réplique appropriée. Jenny avait besoin de toutes ses forces pour garder un ton uni, pour retenir ses larmes.

Mais Joshua, apparemment, se souciait peu de Bruce. Il questionna d'une voix neutre, dépourvue de toute expression :

— Qu'avez-vous l'intention de faire, à propos d'Impalavlei ?

— Je n'ai pas encore pris de décision.

Elle le fixa, le suppliant de comprendre.

— En ce qui concerne mes devoirs, je ne vous abandonnerai pas, Joshua.

Cette remarque ne parut en rien radoucir son compagnon. Il fronça les sourcils et riposta :

— C'est pourtant votre intention, de toute évidence.

— Non, répondit-elle tristement. Je... j'ai tout prévu. J'ai fait passer une annonce... afin de trouver quelqu'un pour me remplacer. Et...

Elle avala péniblement sa salive.

— ... Une jeune fille va se présenter ces jours-ci.

Jenny jeta un nouveau coup d'œil suppliant à l'homme assis à ses côtés.

— Elle... elle me semble très bien convenir pour ce poste. Son nom est Linda Ainsley.

La Land-Rover aborda sans secousse le chemin goudronné. Les mains crispées avaient relâché leur pression sur le volant. Toute l'attention de Joshua était concentrée sur la route. Comme si rien d'important ne s'était passé entre eux, pensa Jenny avec désespoir.

— Vous n'avez rien à ajouter ? demanda-t-elle enfin.

Il se retourna et la dévisagea d'un air glacial.

— Vous ne retournerez pas vers Bruce. Et vous ne renoncerez pas non plus à Impalavlei.

— Je ne vois pas pourquoi vous me dites ça, objecta-t-elle d'une voix entrecoupée.

— Moi, si.

Le ton était sans réplique.

— Je ne vous crois pas capable d'aller retrouver un homme insipide qui ne peut vous assurer aucune chance de bonheur.

Elle releva le menton avec défi.

— Vous n'en savez rien !

— Du diable si je ne le sais pas !

Le véhicule s'immobilisa sur un coup de frein brutal. L'instant d'après, la jeune fille se sentit saisie par les épaules. Joshua ne lui laissa pas le temps de protester : sa bouche s'empara de celle de Jenny en un baiser violent, exigeant. En dépit de son indignation, Jenny ne put s'empêcher d'y répondre. Quand il l'attira plus près de lui encore, elle frissonna et se blottit contre lui avec un soupir.

Le baiser prit fin aussi brusquement qu'il avait commencé. Joshua lâcha la jeune fille. Elle le dévisagea sans comprendre.

— C'est simplement pour vous montrer à quel point je vous connais, gronda-t-il, en réponse à la question muette contenue dans son regard. Ne venez pas me dire que Bruce provoque de pareilles réactions chez vous. Je ne le croirais pas. Si c'était le cas, jamais vous ne l'auriez quitté.

Il marqua une pause. Une lueur dangereuse brilla dans ses yeux.

— Avouez que je ne vous suis pas indifférent !

Elle acquiesça silencieusement. Entre eux, les choses étaient allées trop loin. Toute protestation aurait été ridicule.

Jenny ne parvenait pas non plus à s'expliquer la colère de Joshua, quand elle lui avait annoncé qu'elle allait rejoindre Bruce. Ni son insistance à lui prouver, à sa manière inimitable, que ses sentiments pour son ex-fiancé n'avaient rien de comparable avec ceux qu'elle éprouvait pour lui. En elle, un espoir naquit soudain... un espoir fou, totalement dénué de raison.

Quand Joshua reprit la parole, tout son optimisme s'envola.

— En ce qui concerne l'engagement d'une personne pour prendre votre place, je suis d'accord.

— Vous... Vraiment ?

— Absolument.

D'une main, il lui souleva le menton, l'obligeant à le fixer.

— Elle s'appelle Linda, avez-vous dit ? Quand doit-elle venir ?

— Dans... très bientôt.

Elle parlait très bas : à peine si elle s'entendait elle-même.

— Parfait. Elle conviendra, j'espère.

Il était content de la voir partir ! Jenny avait été absurde de croire le contraire, fût-ce un seul instant.

D'une secousse, elle se dégagea.

— Je l'espère aussi.

Elle tentait de prendre un air dégagé ; ce n'était pas facile, quand les larmes menaçaient de couler.

— Je quitterai Impalavlei dès que j'aurai mis Linda au courant.

— Non, ma chérie, fit-il d'un ton très doux. Tu n'iras nulle part.

Abasourdie, elle le fixa, ses grands yeux violets agrandis par la surprise.

— Que... qu'avez-vous dit ?

— Tu ne partiras pas d'ici. Du moins, pas sans moi.

La voix de Joshua était soudain mal assurée.

Elle cherchait encore à comprendre lorsqu'il l'attira vers lui pour l'étreindre avec violence. Il avait posé ses lèvres sur les cheveux de la jeune fille, comme il l'avait fait la nuit précédente. Jenny se blottit tout contre lui, puisant une sensation de réconfort.

— Tu veux bien m'épouser, Jenny, ma chérie ?

Elle releva la tête, la rejeta en arrière pour mieux le voir à travers une brume de joie.

— Oh, oui, Joshua ! Oui !

Mais elle ajouta :

— Et Maybelle... ?

— Une amie, c'est tout. Impalavlei lui a fait grande impression. Elle va nous envoyer des clients.

Pour Maybelle, Joshua n'était pas simplement un ami. Jenny se rappelait ses regards d'adoration, ses manières possessives. Mais, sagement, elle ne dit rien. Maybelle était assez séduisante pour attirer d'autres hommes.

Mais il y avait autre chose qu'elle devait savoir.

— Cette idée de mettre quelqu'un à ma place te plaît, Joshua. Pourquoi ?

Il caressa doucement ses cheveux, puis sa gorge.

— Parce que Linda te libérera de tes obligations. Impalavlei sera toujours notre foyer, Jenny chérie. Mais nous n'y passerons pas l'année entière. Nous ferons des séjours en Amérique... J'ai des intérêts là-bas aussi. J'aimerais être sûr que nous laisserons notre réserve en bonnes mains.

Il plongea son regard dans ses yeux rayonnants.

— Cela ne te déplaira pas de voyager ainsi, mon amour ?

Elle était sur le point de parler quand il s'empara à nouveau de ses lèvres avec fièvre.

Etre avec lui, lui aurait-elle dit, représentait pour elle un bonheur total. A Impalavlei ou ailleurs.

Mais le baiser de Joshua se fit plus passionné. Elle y répondit ardemment. Les mots n'étaient pas nécessaires. A présent et à jamais, Joshua saurait toujours ce qu'elle éprouvait.

LE VERSEAU

(20 janvier-18 février)

Signe d'Air dominé par Uranus : Logique.

Pierre : Saphir.
Métal : Nickel.
Mot clé : Amitié.
Caractéristique : Altruisme.

Qualités : Sage et prudente d'une part, indépendante et révoltée d'autre part : les contraires s'opposent, le résultat surprend.

Il lui dira : « Je ne désire que votre amour. »

LE VERSEAU

(20 janvier-18 février)

Les natives du Verseau sont résolument modernes. Si on leur demandait à quelle époque elles auraient aimé vivre, elles répondraient certainement : « Au vingtième siècle ! » Elles aiment la nouveauté, la variété.

Jenny représente admirablement son signe...

Voici l'été!..

Avec ses journées chaudes et ensoleillées, l'été vous invite à la détente et à l'oubli…

Alors, faites provision de rêve, d'aventure et d'émotions heureuses! Sur la plage, à la campagne ou dans votre jardin, partez avec Harlequin, le temps d'un été, le temps d'un roman!

Chaque mois, 6 nouvelles parutions dans Collection Harlequin et Harlequin Romantique, 4 nouvelles parutions dans Collection Colombine et 2 nouvelles parutions dans Harlequin Séduction.

HF-SUM-R

Collection Harlequin

Les chefs-d'oeuvre du roman d'amour

Recevez *chez vous* 6 nouveaux livres chaque mois... et les 4 premiers sont GRATUITS!

Associez-vous avec toutes les femmes qui reçoivent chaque mois les romans Harlequin, sans avoir à sortir de chez vous, sans risquer de manquer un seul titre.

Des histoires d'amour écrites pour la femme d'aujourd'hui

C'est une magie toute spéciale qui se dégage de chaque roman Harlequin. Ecrites par des femmes d'aujourd'hui pour les femmes d'aujourd'hui, ces aventures passionnées et passionnantes vous transporteront dans des pays proches ou lointains, vous feront rencontrer des gens qui osent dire "oui" à l'amour.

Que vous lisiez pour vous détendre ou par esprit d'aventure, vous serez chaque fois témoin et complice d'hommes et de femmes qui vivent pleinement leur destin.

Une offre irrésistible!

Recevez, *sans aucune obligation de votre part*, quatre romans Harlequin tout à fait *gratuits!*
Et nous vous enverrons, chaque mois suivant, six nouveaux romans d'amour, au bas prix de $1.75 chacun (soit $10.50 par mois) sans frais de port ou de manutention.
Mais vous ne vous engagez à rien: vous pouvez annuler votre abonnement à tout moment, quel que soit le nombre de volumes que vous aurez achetés. Et, même si vous n'en achetez pas un seul, vous pourrez conserver vos 4 livres gratuits!